光文社文庫

蛇王再臨

アルスラーン戦記⑬

田中芳樹《よしき》

光　文　社

目次

主要登場人物

アルスラーン…………パルス王国の若き国王《シャーオ》
ダリューン……………パルスの武将。黒衣の雄将として知られる
ナルサス………………パルスの宮廷画家にして軍師
ギーヴ…………………あるときはパルスの巡検使《アムル》、あるときは旅の楽士
ファランギース………パルスの女神官《カーヒーナ》にして巡検使《アムル》
エラム…………………パルスの侍衛長《ケシュタク》。アルスラーンの近臣
クバード………………パルスの武将。隻眼《せきがん》の偉丈夫《いじょうふ》
トゥース………………パルスの武将。三人の妻をもつ
イスファーン…………パルスの武将。「狼に育てられし者《ファルハーディン》」と称される
メルレイン……………パルスの武将。アルフリードの兄
ザラーヴァント………パルスの武将。オクサス領主家の当主
ジムサ…………………パルスの武将。トゥラーン国出身
キシュワード…………パルスの大将軍《エーラーン》。異称「双刀将軍《ターヒール》」
ジャスワント…………パルスの武将。シンドゥラ国出身
グラーゼ………………パルスの武将。海上商人

アルフリード……メルレインの妹。いちおうゾット族の族長
ルーシャン……パルスの宰相《フラマータール》
ラジェンドラ二世……シンドゥラ王国の国王《ラージャ》。自称「苦労王」
イルテリシュ……トゥラーンの王族。「親王《ジノン》」と称されたが現在は……
レイラ……魔酒により蛇王《へびおう》の眷属《けんぞく》に。銀の腕環《うでわ》を所持
ヒルメス……パルス旧王家最後の生き残り。ミスル国で客将軍《アミーン》クシャーフルを名乗る
フィトナ……ナバタイ王国からミスル国王に献上された娘。孔雀姫《ターヴース》。銀の腕環を所持
ブルハーン……ジムサの弟。現在はヒルメスにつかえている
シャガード……ミスル国で黄金仮面としてヒルメスの名を騙《かた》っていたが……
タハミーネ……アルスラーンの母。パルスの王太后《おうたいこう》
アイーシャ……王太后府につとめていた娘
エステル……ルシタニアの女騎士《セノーラ》
パリザード……パルス出身の美女。銀の腕環を所持
ドン・リカルド……元ルシタニアの騎士。記憶を失い白鬼《パラフーダ》と呼ばれていた
ザッハーク……蛇王

第一章　地上と地獄

I

窓は横に長く、室内に侵入する光は、床の上に白っぽい長方形の島をつくっていた。その島を踏みつけるように、ひとりの男がたたずんでいる。痩《や》せた影は飢えた猛禽《もうきん》を想わせるが、口の悪い隣国の武将たちは、彼を「穴熊」と呼んでいた。

チュルク国王カルハナである。

谷底から天へ吹きあげるような風が窓からはいりこんで、冷厳な統治者として知られる男の横顔をそっけなくなでた。

「両名をつれてまいったか」

「ここに控えさせてございます」

「前へ出せ。顔を見せよ」

カルハナ王は両手をかるく腰の後ろで組んだ。

それまで室内には五、六人の近臣がひかえていたが、そこに六人の男が加わった。四人は屈強な獄吏《ごくり》である。国王の御前とて、刀剣の類《たぐい》は所持していないが、革鞭《かわむち》を手にしている。ふたりの獄吏が、ひとりの罪人を左右にはさむ形だ。罪人はどちらも二十歳《はたち》に満たぬ若者で、手枷《てかせ》をはめられていた。

「ひざまずけ！　国王陛下の御前であるぞ！」

鞭が鳴って、手枷をはめられた若者ふたりは、床に両ひざをついた。貧弱な身体《からだ》つきではない。よく鍛《きた》えられ、引きしまった筋肉は、武門の者であろうと思われる。だが、粗末な獄衣《ごくい》や、手荒にあつかわれた形跡が、事情を知る者にはいたいたしい。

「さて、どちらがシングの息子で、どちらがザッハルの息子かな」

カルハナ王が無感情な声で問いかけた。

一瞬の間をおいて、カルハナ王から見て左側の若者が名乗った。

「シングの息子ジャライルでございます」

「私めはザッハルの息子バイスーンでございます」

カルハナ王は小さくうなずいた。ジャライルもバイスーンも十八歳で、まだ戦場の経験はとぼしいが、なかなか武芸にすぐれ、将来は父親の名を辱《はずか》しめぬものと思われていた。

「なぜ予《よ》がそなたら両名をここへ呼んだかわかるか」

国王の問いに、バイスーンとジャライルは身体を慄《ふる》わせた。勇敢な若者たちではあるが、眼前にせまる運命を予期して、とうてい平静ではいられない。

「わかるか、ジャライル」

「……お、御自《おんみずか》ら私どもを成敗《せいばい》なさるおつもりかと存じまする……」

若者の声がひきつるのに、カルハナ王はつまらなそうな手ぶりで応じた。

「なぜそう思う? いまひとり、バイスーンであったな、答えてみよ」

「わ、私どもの父親がまことに不名誉なことをしでかしまして……国王陛下のお怒りをこうむりましたゆえに……」

近臣たちのうち半数以上が、さりげなく視線をそらした。

隣国パルスの暦でいえば三二五年、七月末のことである。このころ、はるか西方のミスル国では、国王ホサイン三世が殺され、八歳の新王が即位しているのだが、チュルク人の知るところではない。

ジャライルの父シング将軍は、この年二月、ザラフリク峠《とうげ》とコートカプラ城においてパルス軍に敗れた。その罪をつぐなうべく、パルス国内の地理と情勢をさぐる密命を受けた。義弟のザッハルとともにパルスに潜入したシングは、最初のうちあるていどの成果をあげたが、七月半ば、紅い僧院《ルージ・キリセ》とかいう町の近くでパルス側に発見された。ささやかな戦闘の末に、シングもザッハルも殺されたらしい。しかも死ぬ直前、敵に投降したとの疑いもある。人質として獄中にあった家族は、ひとりのこらず誅殺《ちゅうさつ》されるであろう。

「つまり、両名とも覚悟はできておるということだな」

国王の表情も声も態度も、冷厳さに満ちている。ふたりの若者は威圧され、にわかに声も出ない。たしかに死を覚悟してはいる。誇り高く死を迎えたいと思ってはいるが、自分だけでなく母や祖母、おさない弟や妹まで殺されると思えば、絶望に目がくらむ。

「……ど、どのようなご処分を受けましょうとも、お怨《うら》みはいたしませぬ」

ようやくバイスーンが震える声を押し出したが、かるくあしらわれた。

「正当な処分を下して、怨まれてはたまらんな」

「………」

「まあよい。死を覚悟しておるというのであれば、汝《なんじ》らに命じることがある」

カルハナ王は言葉を投げつけた。

「わかるか、死んだつもりで予の命じることをはたせ、といっておるのだ」

困惑しきったような若者たちの顔に、さっと血の気が射《さ》した。

「アルスラーンという名を存じておるな」

「は、はい、パルス国の王でございます」

ジャライルが声をうわずらせつつ答えると、カルハナ王は無感情な声をつづけた。

「アルスラーンは若くして名君と呼ばれておる」

カルハナ王は両手の指をかるく腰の後ろで組んだまま、バイスーンの前からジャライルの前へと歩んだ。その間、彼らの顔から視線をはずさない。若者たちは、この冷厳な国王に、心の奥底まで見通されるような気がした。こまかい慄えがとまらない。

「だが、彼奴《きやつ》は名君としての人生を全《まつと》うしたわけではない。若いころの名声など、新鮮な肉のようなものだ。いずれ腐って蛆《うじ》がわくか、乾《ひ》からびてしまう。アルスラーンめはたしか十八歳……ふむ、汝らと同年か」

カルハナ王の口もとがゆがんだ。笑ったのかもしれない。近臣たちは国王の表情をうかがったが、追従《ついしよう》笑いするだけの決心もつかなかった。

カルハナ王の心は、臣下には容易に読めない。読めばかえって災厄を招くこともある。つかえるのがむずかしい国王であった。

「アルスラーンめは即位して四年ほどになるが、未《いま》だ王妃を定めておらず、子もおらぬ。それが何を意味するかわかるか？」

カルハナ王は、手枷をはめられた若者たちに問いかける。ジャライルとバイスーンは思わず顔を見あわせそうになったが、すかさず獄吏の鞭が鳴って、それをはばんだ。

「いまアルスラーンめが死んだら、誰が玉座《ぎよくざ》を継《つ》ぐ？　何者が後嗣《あとつぎ》となってパルス国を統治する？　そのような者は誰もおらぬ！」

ジャライルとバイスーンの顔に射した血の気が濃さを増した。カルハナ王のいわんとすることを、彼らは理解しつつあった。

「パルスを亡ぼすのに、数十万の精鋭をことごとく殺す必要はない。アルスラーンただひとりの息を絶やせば、パルスは消える。アルスラーンの死後、誰が王となる？　ダリューンとかいうやつか、ナルサスとやら申すやつか？　いかに武勇を誇ろうと、いかに知謀をひけらかそうと、やつらはしょせん臣下たる身。思うようになるものか」

カルハナ王の声に奇怪な力がこもり、彼の周囲にいる者はことごとく息をのんだ。

「そなたら両名は、これよりパルス国に潜入し、アルスラーンめを殺すのだ」

カルハナ王は明確に告げた。ジャライルとバイスーンは唾《つば》をのみこんだ。

「手段は問わぬ。そなたらの勇気と機略に期待しよう。みごと使命をはたした暁《あかつき》には、そなたらの一族はすべて解放してやる。もちろん、そなたら自身も将軍に叙任《じょにん》し、貴族の列にも加えよう。将来的には、我が息女《むすめ》の夫と為《な》してもよい」

このような命令が下されることを、ひとりとして予想した者はいなかった。近臣たちは驚愕《きょうがく》をおしころして国王を見守った。

「無期限というわけにはいかぬ。パルスの都エクバターナへ往《ゆ》くのに二ヵ月、機会を見出《みいだ》して使命をはたすのに二ヵ月、還《かえ》りに二ヵ月……あわせて半年。それだけ待とう。来年の一月末が期限だ。二月一日になれば、汝らと家族は今度こそ罪をつぐなうことになる。どうだ、やるか？」

選択の余地などなかった。拒絶すればこの場で処刑されるだけのことだ。獄中の家族も全員が殺される。ふたりの若者は、夢中で叫んだ。

「かならず、かならず、陛下のご命令どおりにいたしまする！」

当然だ、といわんばかりに、カルハナ王はゆっくりとうなずいた。

「準備に今日一日やろう。家族との別れもさせてやる。明日、夜明けとともに発《た》つのだ。よいな？」

「おお、何というご慈悲！　何というご寛容！　そなたら、陛下の貴《とうと》き御恩を忘れるでないぞ」

近臣たちがはじめて唱和《しょうわ》し、若者たちは深く頭をさげた。

II

つい先ほど出されたばかりの牢獄に、ジャライルとバイスーンはもどってきた。汚れた服はそのままだが、手枷《てかせ》や鎖は外《はず》されている。

階段宮殿の最下層部は、半ばが地下にあった。天井近くに、空濠《からぼり》に面した小さな光窓があるだけの陰々《いんいん》たる場所だ。籠城《ろうじょう》にそなえて糧食《りょうしょく》や燃料や武器の倉庫が設けられ、さらに、牢獄、処刑場、拷問室《ごうもんしつ》、死体置場などの忌《い》まわしい施設がならんでいる。

牢獄に、ありふれた盗人《ぬすっと》などは収容されていない。国事犯《こくじはん》やその一族が、長期間にわたって幽閉されている。

暗い湿った石畳の通路。ひとつの扉にバイスーンがはいると、通路をへだてた反対側の扉にジャライルがはいった。彼の母親、祖母、ひとりの弟と三人の妹が、十歩四方ほどの部屋に、抱きあってうずくまっていた。

「おお、ジャライル、お前、無事だったのかい」

「母上！」

「もう、もう二度と逢《あ》えないと思っていたよ。どうやら手枷もはずされてるようだけど……」

「兄上、ご無事で」

弟や妹たちが抱きついてくる。

ジャライルとバイスーンが他の者より先に牢から引き出されたのは、処刑されるため。

家族たちはそう考え、歎《なげ》き悲しんでいたのだ。

ジャライルは一番おさない六歳の妹を抱きあげ、母と祖母に告げた。

「母上、私とバイスーンは、国王陛下より直々《じきじき》にご命令を賜《たま》わりました。内容は明かせませんが、みごと使命をはたしたあかつきには、家族すべてをお赦《ゆる》しくださるそうです」

「そりゃ、まことかえ」

八十歳になる祖母が声を震わせた。母は無言でジャライルを見つめている。

「半年の辛抱《しんぼう》です。どうかそれまで、心を強くもって、私の帰りをお待ちください」

ジャライルの腕を、母の手がつかんだ。彼女は息子の耳に口を寄せると、低くささやいた。

「お逃げ」

ジャライルは茫然《ぼうぜん》として母を見返した。母の声は小さいが、迷いもゆるぎもなかった。

「わたしたちのことはかまわずお逃げ。わたしにはわかる。あの国王がわたしたちを解放したりするものですか」

「は、母上……」

「お前ひとりでも生きのこって、幸せになっておくれ。こんな国にいることはない。あんな無情な国王のために生命《いのち》を棄《す》てることなどないよ」

「わたしたちはお前を縛る鎖なのかい？」

「母上、私は家族のために……」

「………」

「お逃げ。これは命令ですよ。母の命《めい》に背《そむ》くなら、お前は息子ではありません」

ジャライルが返答もできずにいると、母は息子の腕から手をはなし、顔を背《そむ》けた。扉をたたき、獄吏に、静かな声をかける。

「もう充分に別れはつくしました。息子を牢から出してくださいませ」

獄吏はうなずき、牢の出入口を開《あ》けた。牢を出て、ジャライルは振り向いた。最後にもう一度、母の顔を見たかったが、母は背中を向けたままであった。

ふたりの若者は、ふたたびカルハナ王の前に引き出された。バイスーンが言上《ごんじょう》した。

「誓って、パルス国王めの生命を、我ら両名の手で奪って、陛下の御前に復命《ふくめい》いたします。吉報をお待ちくださいませ」

バイスーンの声にも表情にも、熱狂的な昂《たか》ぶりがある。ジャライルのほうは従兄弟《いとこ》ほど熱くなれなかったが、それだけに、演技をする必要を感じていた。眼前にいる冷厳そのものの国王に、すこしでも疑われれば生命はない。

「バイスーンとともに、かならず、かならず、主命《しゅめい》をはたして御覧にいれます。わがチュルク国に栄光あれ！」

平伏し、額《ひたい》を床にこすりつけたのは、表情を他人に読まれないためである。

やがて、満足したようなカルハナ王の声が頭上にひびいた。

「よくぞ申した。では赴《ゆ》け！」

「ははっ」

「両名の旅の仕度《したく》をととのえてやれ。よい刀と馬、それに路銀《ろぎん》を充分にな」

カルハナ王は吝嗇《けち》ではなかった。もちろん、何万人もの大軍を動員する費用に較《くら》べれば、刺客《しかく》ふたりの路銀など、たかが知れている。

その夜、バイスーンとジャライルは、牢獄と比較にもならない上等の部屋で寝《やす》むことができた。寝む前にも、起きた後にも、おどろくほど豪華な食事がふるまわれた。

朝、谷底までまだ太陽の光がとどかぬ時刻に、バイスーンとジャライルはチュルクの国都へラートを出立《しゅったつ》した。よく鍛えられた直刀、弓矢、袋いっぱいのパルスの貨幣、それに十日分の食料。それらをたずさえて、馬上からジャライルは階段宮殿を振りあおいだ。

宮殿の上層は日光をあびて、まぶしいほどに壮麗である。だが下層は暗く沈んで、いかにも重苦しい。あの底に、家族が囚《とら》われているのだ。ジャライルは目をそむけ、前を見すえて馬を歩ませた。

階段宮殿の窓から、鋭く冷たい眼が、ふたりの若い刺客を見おろしている。もちろんカルハナ王である。両手の指を腰の後ろで組み、そっけなくつぶやいた。

「いったか」

「あの両名、使命をはたし、生きて還れましょうか」

おそるおそる近臣のひとりが国王の表情をうかがった。

「そうなればめでたいが、ならなくてもかまわぬ。喪《うしな》うのは、たったふたり。大軍を動かすより、はるかに安くあがる」

冷然といいすてて、カルハナ王は窓辺から身をひるがえした。

みごとな黒檀《こくたん》の椅子《いす》に腰をおろす。絹《セリカ》の国からはるばる運ばれてきた逸品で、四本の脚には四方を守護する神獣《しんじゅう》の姿が彫りこまれている。

「みごとパルス国王を討ちはたして帰ってくれれば、ほんとうに息女のひとりぐらいくれてやってもよいのだが……」

その考えを、口には出さなかった。

カルハナ王には十人の子がいるが、すべて女性である。最年長が十五歳で、いずれ結婚すれば、彼女の夫が次期国王となるであろう。一時はカルハナ王の従弟《いとこ》カドフィセス卿がその候補らしく見えた。だが彼は南方のシンドゥラ国へ使者として派遣されたまま、半年たっても帰国していない。抑留されているのか、みずからの意思で亡命したのか、生死のほども定《さだ》かではない。

もしカドフィセスが健在で、シンドゥラ国王ラジェンドラ二世と手を結べば、いささかめんどうなことになる。カドフィセスをチュルク国の王位に即《つ》け、シンドゥラ国の傀儡《かいらい》とするために、ラジェンドラは兵を動かすかもしれない。カルハナ王がラジェンドラの立場にあるなら、かならずそうする。ただし、よほどに時機を選ぶ必要があるが。

「そういえば、ラジェンドラめも独《ひと》り身で、まだ妻も子もいなかったな」

この考えは口から出た。近臣たちが頭を低くして応じる。

「はい、さようでございます、陛下」

「ラジェンドラめは、たしかに独り身だが、あやつの場合いつどこからご落胤《らくいん》があらわれるやら、知れたものではない」

「まことに、素行のかんばしからぬ男のようでございますな」

「ま、それはそれで庶出子《しょしゅつし》どうしの争いになってシンドゥラに内紛をもたらすことになるやもしれぬが、正直、そのような喜劇につきあってはおれぬわ」

カルハナ王は手を振り、退出するよう近臣たちに命じた。うやうやしい礼の後に、近臣たちは姿を消す。

「とりあえず、時間《とき》がかせげればよい」

カルハナ王はつぶやく。パルスとシンドゥラという二大敵国のうち、どちらを先に討つか、彼は決しかねており、当面は大軍を動かさずにすませたかった。

Ⅲ

バイスーンとジャライルは国境をこえた。すでに八月にはいっている。

パルスにもチュルクにも緑の山々はあるが、両国の境界をなす山岳地帯は、水も樹木もとぼしい。灰色や褐色の峰がつらなり、谷や崖《がけ》が行手《ゆくて》をさえぎる。胡狼《ジャッカル》や山羊《やぎ》、ときとして獅子《シール》の姿さえ見かける土地だ。

どちらの国にも監視や哨戒《しょうかい》の兵はいるのだが、隙《すき》なく境界をかためているわけではない。道らしい道もなく、とうてい大軍を動かせるような地形ではないし、本格的な城塞《じょうさい》を築けるような場所もなかった。極端なところ、敵が主要な街道を扼《やく》しでもしないかぎり、不毛な山岳地帯を占拠したいなら勝手にさせておけ、というのが両国の態度だった。

もともとは、そうだったのだ。

だが、ジャライルとバイスーンは、三百騎ほどのパルス兵が山岳地帯を往来するのを見かけた。あわてて身を隠したが、足もとの小石がいくつか崖から落ち、あやうく見つかるところだった。山羊が近くにいたので、パルス兵たちはチュルク人の姿を見逃してしまったのだ。

皮肉なことだが、これは彼らの父親たちの所為《せい》だった。不審なチュルク人の集団が国境をこえ、「紅い僧院《ルージ・キリセ》」と呼ばれる街の近くまで出没したことが報告されたので、要衝《ようしよう》ソレイマニエから部隊が派遣されて、巡視していたのだ。

けわしい山道を選んで、チュルク人の若武者ふたりは馬を進めた。山地での騎行については、たいていのパルス兵より優《すぐ》れている、という自負《じふ》がある。

人馬の往来が激しい街道は避けたい。パルス人の目に触れてはならない。当然の理由から道を選んでいると、どうしても魔の山デマヴァントに近づいていくことになる。

人目につく危険はへったが、周囲の風景はさらに荒涼さを増し、風の音さえ不気味に感じられる。ふたりは黙々と馬を進め、山中で野営をつづけたが、国境をこえて五日めのこと。思いつめたようにジャライルが口を開いた。

「なあ、バイスーン」

「何だ？」

「………」

「妙なやつだな。自分から口を開いたくせに、何を口ごもっているのだ」

たくみに馬をあやつって、バイスーンは路面の凹《くぼ》みや石をよける。あきらかに従兄弟が昂揚《こうよう》しているので、これまでジャライルは口に出せなかった。

「バイスーン、今度の件だが」

「今度の件とは、おれたちが受けた勅命《ちょくめい》のことか」

「そ、そうだ」

「何か気になることでもあるのか」

バイスーンのほうも、ジャライルが何やら屈託《くったく》していることに、薄々と気づいていたらしい。

思いきってジャライルは告げた。

「おれたちの手で、パルス国王を殺すなんてことが、できると思うか」

想像もしていなかったのだろう、ジャライルの質問を受けて、バイスーンの顔に当惑の雲がかかった。だが、たちまち怒りの炎が燃えあがって、雲を追いはらう。バイスーンは左手で馬の手綱をつかんだまま、右手の拳《こぶし》をかためた。

「ジャライル、お前は何をいう⁉」

「聞いたとおりだ。おれたちがパルス国王を殺すなんて、無理だと思う」

「本気でいっているのか。いや、正気か」

乗った馬ごと、バイスーンは、従兄弟《いとこ》に向きなおった。襟首をつかまんばかりの勢いでつめよる。

「おれたちは国王陛下より直々に命を受けた。そして奉答《ほうとう》したではないか。誓ってパルス国王アルスラーンの生命《いのち》を絶ちます、と。あとは実行あるのみではないか」

「だから、それは実行可能なことか、といっておるのだ。パルス国王はエクバターナの王宮にいて、まわりを護衛の兵にかこまれておる。近づくことさえ困難だ。おれたちは現在《いま》でさえこうやってパルス人の目を恐れているのに」

「困難なことは最初からわかっておる。だが、やるしかないだろうが。おれたちがパルス国王を殺さないかぎり、おれたちの家族の生命はないし、おれやお前の父親の名誉も回復されんのだぞ！」

「…………」

「まったく、どんな弱気の虫が、お前にとりついたものか。勅命に対して疑念を抱《いだ》くなど、王宮でそんなことをいえば首が飛ぶ。だが、こんな辺境で、ここにいるのはおれとお前だけ。忘れてやるから、さあ、気をとりなおして先を急ごうぞ」

「母がいったのだ」

ジャライルが言葉を投げ出すと、あらたな驚愕がバイスーンを打った。

「何だと、伯母上《おばうえ》が……？」

「ああ、母はおれに逃げろと……」

ジャライルとしては、すべてを告白して従兄弟と相談するつもりだったのだ。だが、母を持ち出したことは、バイスーンを憤激させる効果しかなかった。

「ジャライル、卑怯者《ひきょうもの》、恥知らず！」

蒼白《そうはく》な顔で、バイスーンは従兄弟をののしった。

「家族を見すてて自分だけ助かろうというのか。それでもお前はチュルクの武門に生まれた身といえるのか」

ジャライルはひるまない。激しく反論したが、その顔色はバイスーンより蒼《あお》かった。

「おれは国王を信じることができぬ。冷酷なお人だ。おれたちが生命がけで使命をはたして帰国したら、もう家族たちは殺されていた。そんな結果にならないと、お前はいいきれるか、バイスーン!?」

「だまれ！」

声とともに、閃光《せんこう》が走った。腰の直刀を、バイスーンが抜き放ったのだ。強烈な一撃だったが、かろうじてジャライルは抜きあわせた。激突する刀身が火花を散らし、刃音が近くの岩壁にあたってはね返る。

ふたりは死を賭《と》して、至近の間ににらみあった。はるか頭上の空に黒影がいくつかあらわれ、ゆるやかに地上へと舞いおりてくるのに、気づく余裕などない。

「裏切り者！　恥知らず！」

「このわからず屋め！」

罵声《ばせい》をあげながら、従兄弟どうしで激しく斬《き》りむすぶ。やり場のない怒りと憎しみが、眼前にいる相手にぶつけられていた。彼らはほんとうはべつの相手と闘いたいのに、それは手のとどくところにいないのである。

馬上で二十合《ごう》ほど撃ちあったが、勝負はつかない。

バイスーンが大きく振りかぶって直刀を振りおろす。ジャライルは左手で従兄弟の右手首をつかむと、右手の直刀を突きこんだ。バイスーンは、間一髪でそれをかわし、左脇《ひだりわき》の下《した》に相手の直刀をはさみこんだ。

激しく揉《も》みあううち、体勢がくずれた。ふたりはもつれあって馬上から転落する。せまい山道で組みあい、土埃《つちぼこり》のなかを上になり下になる。

バイスーンが上になった。そこは断崖《だんがい》の縁のすぐ近くであった。

「ジャライル……！」

どのような言葉をつづけようとしたのか。一瞬の隙に、夢中でジャライルは直刀をふるい、従兄弟の左脇腹をえぐっていた。声もなく、バイスーンは大きくのけぞり、一瞬の後、ジャライルの視界から消えた。

ジャライルの魂が冷えた。おれは何ということをしでかしたのだ。バイスーンを斬った。兄弟同様に育ってきた従兄弟を傷つけてしまった！

「バイスーン！」

起きあがって、ジャライルは絶叫した。右手に血染めの直刀をつかんだまま断崖の縁に這《は》い寄った。バイスーンは大きくのけぞって身体の均衡をくずし、そのまま転落してしまったようだ。

ジャライルは崖の下をのぞきこんだ。

バイスーンがいた。建物なら五、六階分の高さになろう。せまい岩棚の上で身をよじらせている。崖から墜《お》ちて、岩棚にたたきつけられたのだ。まだ生きているらしく、口角《こうかく》から血泡を噴《ふ》き、弱々しく手足をうごめかせていた。

「待ってろ、バイスーン、いま助ける」

夢中で叫んだとき、聞こえたのかどうか、バイスーンは大きく眼を見開いた。その眼がジャライルを見すえたようだったが、すぐに全身が痙攣《けいれん》し、そのまま動かなくなった。

「バイスーン……!」

ジャライルの両眼から涙がこぼれた。なぜバイスーンが死ななくてはならなかったのか。なぜ自分の手でバイスーンを殺さなくてはならなかったのか。夜の間にだまって姿を消せばよかった。すくなくとも従兄弟どうしで殺しあわずにすんだのに。

「赦《ゆる》してくれ、バイスーン、赦してくれ」

うめきながら、ジャライルは崖の縁から離れた。バイスーンは眼を開いたまま死んだ。死者の眼に見つめられることが、ジャライルには耐えられなかった。

「ああ、ちくしょう、どうしてこんなことに……」

いまやジャライルにとって、カルハナ王は累代《るいだい》の主君ではなかった。父シング将軍を死に追いやり、母や弟妹を牢獄に押しこめて人質とし、ジャライルを追いつめて従兄弟を殺させた仇敵《きゅうてき》であった。ジャライルの不幸は、すべてカルハナ王によってもたらされたのだ。

「カルハナめ、かならず殺してやる。何年かかろうと、どんな策《て》を使っても、きさまを殺してやるからな。何が王だ。きさまのおかげで、おれは従兄弟殺しになってしまった」

バイスーンもかわいそうだが、ジャライルは自分自身をあわれまずにいられなかった。何もかも、あの無慈悲なカルハナ王のせいだ、と思い、カルハナ王に憎しみを向けることで、かろうじてジャライルは自分を保つことができた。カルハナ王を殺してやる。わずかな間に、ジャライルの決意は階段宮殿の礎石《そせき》のごとくかたまっていた。だが、それを実現させる方途《ほうと》など、見当もつかない。

それにしても、ここはどこだろう。

あらためて、ジャライルは周囲を見まわした。巨大な山塊《さんかい》だ。樹木は見あたらず、奇怪な形の岩石がつらなっている。黒、赤、灰色、褐色。見るからに不安と孤独感をそそられて、ジャライルは頸部《くびすじ》にうすら寒さをおぼえた。何という山なのだろうか。

山の名すらろくに知らぬまま、パルスに潜入して国王《シャーオ》を暗殺しようとは。

いまさらに、自分たちの無謀さが思いやられた。ジャライルは長いことすわりこんだままでいたことに気づき、こわばった笑《え》みを浮かべた。笑うしかない、といった心境だった。

いやいや立ちあがった。いつまでもここにいるわけにはいかない。自分の馬に乗り、バイスーンの馬を牽《ひ》いて、とにかくこの山を出よう。

従兄弟殺しの上に、おれは馬盗人だ。

歩き出そうとしたジャライルの視界を、何かがよぎった。キキキというウいやな音が聞こえたのは、その直後だ。岩から岩へと、何かの影が跳《と》びはねている。

「何だ、あいつは!?」

ジャライルの問いに応《こた》えたのは、皮の翼が風を切る音だった。頭上を振りあおいで、ジャライルは声をのんだ。

IV

猿の顔に巨大な蝙蝠《こうもり》の翼を持つ怪物。パルス人はそれを「有翼猿鬼《アフラ・ヴィラーダ》」と呼ぶ。チュルク人であるジャライルは、その名を知らない。だが、おぞましく危険な存在であることは、ひと目見ただけでわかった。

怪物の口が大きく開き、牙《きば》の間からよだれが飛ぶ。反射的にジャライルは跳《と》びすさり、思いきり直刀を突きあげた。

直刀の尖端《せんたん》が怪物の腹にとどいた。浅い突きだったが、怪物は悲鳴をあげ、身をよじらせつつさらに上空へ逃《のが》れた。

背後で馬がいないた。愕然《がくぜん》として、ジャライルは振り向いた。

怪物どもが馬にむらがるのが見えた。悲痛ないななきとともに、馬の頸《くび》から血がほとばしる。その血を頭からあびて、怪物どもはおぞましい歓喜の叫びをあげた。黒い舌を出して、自分の顔についた血をなめる。前肢《まえあし》に血を受けて、それをむさぼり飲む。

邪悪な吸血の怪物ども。

「やめろ、化物《ばけもの》！」

ジャライルは突進した。

奇声をあげて、怪物どもは人間の斬撃《ざんげき》をかわした。一匹だけが馬の血をむさぼるのに夢中で、動くのがおくれた。

ジャライルの直刀がひらめき、怪物の背中を突き刺した。左右の翼の付根《つけね》に、直刀の刃が埋まった。したたかな手ごたえが、背骨を突きくだいたことを知らせた。

耳がしびれるほどの叫喚《きょうかん》。

怪物は左右の前肢を振りまわし、宙をかきむしりながら大きくのけぞった。あおむけに倒れる寸前、ジャライルは直刀を怪物の身体から引き抜いた。

「パルスは怪物の国か……!?」

あえぎながら、ジャライルは身をひるがえした。頬《ほお》をたたかれた。べつの怪物の翼が、ジャライルの顔にあたったのだ。

したたかな一撃で、ジャライルはよろめいた。さらにべつの怪物がジャライルの頭上からおそいかかり、両肩をつかんだ。

ジャライルの両足が宙に浮きかけた。

自分でも意味のわからない叫び声を、ジャライルは発した。右手に持った直刀をにぎりなおすと、真上に向けて突きあげる。

手ごたえがあった。苦痛と憤怒《ふんぬ》の叫喚が頭上でひびき、ジャライルの肩をつかむ力が弱まる。その瞬間を逃さず、ジャライルは怪物の手を振りほどいた。刀身が怪物の身体から引きぬかれると、傷口から赤黒い血が噴き出し、ジャライルの服に降りかかった。しゅうしゅうと音がして、白い煙があがり、ジャライルの肩や腕に熱痛《ねつつう》が走った。火傷《やけど》とおなじ種類の痛みだ。

ジャライルは怪物から跳び離れた。身体をひねり、踊るような足どりで体勢をととのえながら、直刀を一閃《いっせん》させる。

怪物は片手で腹の傷をおさえ、もう一方の手でジャライルを引き裂こうとしていた。ジャライルの斬撃が迅速《はや》かった。直刀の刃が怪物の手首を斬り飛ばし、あらたな血の奔流を宙に描いた。

ジャライルは奮戦し、つぎつぎと怪物どもに傷を負わせたが、守れたのは自分の身だけだった。二頭の馬が血を吸いつくされて倒れると、怪物どもは肉を喰《くら》いにかかった。ジャライルはむなしく「やめろ」と叫んだが、横あいから怪物の一匹にしたたか蹴《け》りつけられた。

ジャライルの姿勢が完全にくずれた。踏みとどまろうとして、はたせない。地を鳴らして横へ走り、ひざをくずし、手でささえることもできず、勢いよく倒れこんだ。

斜面だった。声と土煙をあげながら、ジャライルは斜面をころがった。何とか起きあがろうとしたとき、斜面そのものが消えた。ジャライルの身体は宙に飛び出し、風をおこして落下していく。

悲鳴が消えないうちに、水飛沫《みずしぶき》があがった。

いったん沈んでから、夢中で水をかいて浮きあがる。水面から顔を出し、激しくあえいだ。頭上をあおぐと、黒々とした影がひろがるなかに、白く光る部分がある。地面の割れ目から地底の川に転落したのだとわかった。

一般にチュルク人は泳ぎが得意ではないが、トゥラーン人ほどに水そのものを恐れはしない。

「岩にたたきつけられるより、ずっとましだ」

そう思いつつ、わずかな光をたよりに、岸へと泳いだ。流れに押されて苦労したが、何とか溺死《できし》をまぬがれ、岩壁にしがみつくことができた。

手と足で慎重に岩場をさぐり、岸にあがるまで、どれほどの時間がたったであろう。岸にあがり、闇に眼が慣れてくると、白いものがいくつもころがっている。何と、人骨であった。

ジャライルは、知る由《よし》もない。それらの人骨は、二ヵ月ほど前、地底の戦いで斃《たお》れたパルス兵のものであった。

「甲冑《かっちゅう》や剣もころがっているな。こんなところで戦いがあったのだろうか」

首をかしげつつ、何やら異様な形の頭蓋骨《ずがいこつ》を手にとってみる。

「こちらの骨は何だろう。人のものとも思えぬが……あッ！」

思わず声をあげて、骨を放り出す。自分をおそった怪物と同類の骨だということを直感したのだ。

そのありさまを闇の奥からうかがう影があった。角《つの》も翼も尻尾《しっぽ》もない、いちおう人の形をしてはいる。

「妙な道化者が迷いこんできたものだな」

暗灰色《あんかいしょく》の衣をまとい、骸骨《がいこつ》じみた顔に右眼はつぶれている。蛇王《へびおう》ザッハークにつかえる魔道士ガズダハムであった。

彼の横あいで、人影が動いた。甲冑《かっちゅう》をまとい、腰に大剣を帯びている。人の形をしてはいるが、眼光といい動きといい、獲物をねらう獅子《シール》のようであった。

「殺すなら、おれにやらせろ」

トゥラーンなまりのパルス語である。

「どうも未熟な青二才にしか見えぬが、ここ数日、血の匂いをかいでおらん。すこしは渇きをいやすことができよう」

「待て、イルテリシュ、うかつなことは……」

あわててガズダハムは制した。彼は平和を愛好する男ではないが、もうすこしようすを見るつもりだったのだ。

甲冑のひびきとともに人影が闇をついてあらわれたとき、ジャライルは反射的に腰に手をやった。直刀の柄《つか》をつかむはずの手は、空《くう》をつかんだ。彼にのこされていたのは鞘《さや》だけであった。

一歩、また一歩、獲物に正面から近づきながら、イルテリシュは大剣を鞘走らせ、柄を両手でつかむ。一撃両断のかまえだ。

たとえ魔性の存在になっていなかったとしても、イルテリシュの猛気と剛勇に、ジャライルが対抗できるはずがない。

イルテリシュの眼光を正面からあびると、もう動けなくなってしまった。冷たい汗が額から頰へと流れ落ちる。その感触だけがわかる。

イルテリシュの大剣が高々とかざされた。おれは死ぬ、と、ジャライルは思った。老《お》いた母の願いをかなえることもできず、従兄弟を手にかけ、地底の洞窟《どうくつ》で化物どもに殺されるのだ。何というつまらない一生だったことか。

「ああ、父上、母上、不肖《ふしょう》の息子をお赦《ゆる》しください！」

ジャライルは叫んだ。最期の叫びだと思った。だが、まさに振りおろされようとしていた大剣が停止したのだ。

「トゥラーン語に似ておるが……すこしちがうようだな」

その台詞《せりふ》は、すこし異《こと》なるがチュルク語によく似ていた。茫然《ぼうぜん》として見守るジャライルの前で、死をもたらすはずの大剣はゆっくりと下げられている。

「きさまは何者だ？」

その問いに対して、偽《いつわ》りを答える必要も気力も、ジャライルにはない。

「ジャ、ジャライルと申します」

「どこの国の者だ」

「チュルク人でございます」

大剣が鞘におさめられるのを、ジャライルは見た。助かった、すくなくとも今すぐに斬り殺されることはない。そう思うと、恐怖は多少やわらいだが、緊張はゆるまなかった。

「おれはトゥラーン人だ。チュルク人なら、おれの言葉がおおよそ解《わか》るな」

「は、はい」

「よし、ではおれの質問に答えろ。チュルク人がなぜここにおる？　こんな場所で何をしておる？」

「カルハナ王の命令を受けましたので」

「カルハナ……？」

「現在のチュルク国王でございます」

「ふん、カルハナか、いわれてみれば、そういうやつがおったようだな。よく憶《おぼ》えておらんが、それでそやつが何を命令したのだ？」

V

すべてをジャライルは告白した。カルハナ王の命令、父シング将軍の運命、母の願い、従兄弟バイスーンとの無惨《むざん》な闘い。あらゆることを正直にしゃべった。

しゃべり終えると、虚脱した。これまでの疲労が一時《いちどき》に押し寄せてきて、抵抗するどころか、起《た》ちあがる気力もない。

「暗殺か」

イルテリシュの声には、侮蔑《ぶべつ》のひびきがあらわだった。

「堂々と大軍を動かして決戦するのではなく、刺客を放って一国の王を暗殺しようというのか。チュルク国王は英雄の気概《きがい》を持たぬ小人物と見える。だが……」

「だが、とはどういうことだ、イルテリシュ」

あらたに姿を見せた魔道士の台詞で、ジャライルは、眼前にいる魔人の名を知った。振り向きもせず、イルテリシュは答える。

「こざかしくも、カルハナがアルスラーンめについて語ったことは正確だろう。たしかにアルスラーンひとりを殺せば、パルスは瓦解《がかい》する。ふん、悪知恵はあるやつらしい」

「たしかにカルハナ王とやら、妙な知恵があるようだが、それがどうしたというのだ。簡単にアルスラーンを殺せるなら苦労はないわ」

そう吐《は》きすてるガズダハムの声には、実感がこもっていた。イルテリシュがあざ笑う。

「気づかぬか、魔道士」

「な、何のことだ」

「暗黒の業《わざ》に長《た》けても、知恵がまわるとはかぎらんようだな」

「な、何をいう、非礼な!」

ガズダハムはいきりたったが、イルテリシュは歯牙《しが》にもかけない。

「いいか、こういうことだ。後嗣《あとつぎ》なきパルス国は、国王ひとりを殺せば瓦解する。その理屈は、チュルク国にとってもおなじではないか」

「……あ」

「わかったようだな。ここにいるチュルク人の話によれば、カルハナも後嗣をさだめておらん。つまりカルハナひとりを殺せば、チュルク国も瓦解するということだ」

洞穴のような口をあけた魔道士ガズダハムを見やって、魔将軍イルテリシュは、地ひびきのような笑声をたてた。

「カルハナめ、おもしろいことを教えてくれたわ。もともとトゥラーンとチュルクとは、古《いにしえ》の血をおなじくする。トゥラーン人たるおれがチュルク国を治め、チュルク兵を指揮しても、べつに悪くあるまい」

茫然として、ジャライルは、トゥラーン出身の魔人を見つめるばかりだ。

ジャライル同様、茫然としていたガズダハムが、我に返ったように声を発した。

「これ、よけいなことを考えるな」

ガズダハムは激しく右手を振った。手の甲にも掌《てのひら》にも、青黒い傷痕《きずあと》がある。パルス国王につかえるトゥラーン人の将軍ジムサの吹矢によってつけられた傷である。

「お前にはもう何十万もの手下がおるではないか。鳥面人妖《ガブル・ネリーシャ》でも有翼猿鬼《アフラ・ヴィラーダ》でも四眼犬《シエムル》でも思うままに使えばよい。チュルク兵など必要あるまいに」

「このおれに、猿だの鳥だの犬だのの化物どもをひきつれて、エクバターナを陥《おと》し、パルスを征服しろというのか」

イルテリシュの笑いは、魔道士ガズダハムを威圧し、戦慄《せんりつ》せしめた。

「まっぴらだ！　おれは人の軍勢をひきいてパルスを征服し、勝利を誇りたいわ。トゥラーンの勇者どもなら望むところだが、チュルク兵でもかまわぬ。おれは決めた。カルハナめを殺し、チュルク国をわがものと為《な》した上で、パルス人と雌雄《しゆう》を決するぞ！」

ガズダハムは歯がみした。

「何をえらそうに。いまや汝《なんじ》自身が化物ではないか。化物の将軍には、化物の兵士どもこそふさわしいと申すものよ」

そう思いながら、ガズダハムは口には出さない。うかつなことをいえば、イルテリシュの剛剣《ごうけん》がうなりを生《しょう》じて、彼の肩の上を右から左へ通りすぎていくだろう。

だから沈黙していたのだが、ガズダハムの異形《いぎょう》の心に、奇妙な灯が小さく点《とも》った。

「いままで考えたこともなかったが……これはひとつの方策《ほうさく》かもしれんぞ」

つい五年ほど前のことを、ガズダハムは想いおこした。ガズダハムの指導者で「尊師」と呼ばれていた人物は、パルス国の王族たるヒルメスを通じて遠く西方のルシタニア国を動かし、パルス国に流血と破壊をもたらしたではないか。その後、ヒルメスがどこでどうしているやら、ガズダハムはまったく知らないが。

「五年前、ヒルメスがルシタニア軍とともにパルスに攻めこんだのであれば、今回はどうだ？　イルテリシュがチュルク軍をひきいてパルスへ侵攻しても、異《い》とするにたるまい」

流血と破壊が増大するほど、蛇王ザッハークの再臨は成りやすくなるはずだ。ルシタニアの侵攻からわずか四、五年で、パルス国は繁栄を回復した。その底力にはおどろかされる。この繁栄を突きくずすには、チュルクの武力を利用するのも一案ではあるまいか。

「イルテリシュよ、そなたの野心はまことに壮大だが、チュルク一国を斬りしたがえるのは容易ではないぞ。いったいどのように大事をしでかすか、具体策はあるのか？」

「カルハナめの首を刎《は》ねる」

あっさりと、トゥラーン人は答える。舌打ちをこらえて、ガズダハムは問いをかさねた。

「それはいいが、その後はどうする？」

「さからう者は殺す。したがう者は生かす。それだけのことよ」

イルテリシュの血笑《けっしょう》は、ガズダハムの口をふさいだ。いつでも後方へ跳ぶ準備をしながら、ようやく彼は質問を再開した。

「まず、どうやってカルハナめに近づくのだ？　ここにおるチュルク人の青二才に案内させるか？　うかつにこやつを信用してよいのか!?」

それまですわりこんでいたジャライルが、弾《はじ》かれたように姿勢を変えて平伏した。

「お、お役に立ちます。かならず、あなたさまのお役に立ちまする！」

ジャライルは死にたくなかった。こんな場所で魔人たちに殺されたりしたら、彼の一生には何の意味もない。カルハナ王の命に背き、従兄弟バイスーンを死なせたジャライルは、とりあえず生きのびて機会をつかむしかなかった。まして、イルテリシュがカルハナ王を殺すというのであれば、協力をためらう必要はまったくない。

「あなたさまはチュルク国内の地理をご存じありますまい。私は精《くわ》しゅうございます。かならず、あなたさまをカルハナ王のもとへご案内いたします。あなたさまの大剣がカルハナ王の頸《くび》にとどくように……」

「お前の王を売ると申すか」

イルテリシュが両眼を光らせる。ジャライルは必死にうったえた。

「もはや王とは思いませぬ。罪もないわが家族を牢獄で苦しめる怨敵《おんてき》。ただ憎いだけでございます」

「主君を裏切る理屈など、いくらでも立つものだな」

イルテリシュの皮肉が鋭い棘《とげ》でジャライルの胸を刺す。答えられずにいるジャライルを見やって、イルテリシュは頬をゆがめた。

彼自身、忠誠に値せぬ国王《カガーン》を手にかけたことがある。トクトミシュ王を討ちはたして、イルテリシュ自身が国王《カガーン》と称したのだ。ごく短い期間にすぎなかったが。

「いや、よけいなことをいったな。お前にはカルハナめを憎む理由が充分にある。わかった、おれに力を貸せ」

「よいのか、イルテリシュ」

ガズダハムが念を押す。イルテリシュはジャライルに向けて、立ちあがるよう身ぶりで命じた。ジャライルは腰や脚に力をこめ、何とか立ちあがる。

「魔道士よ。きさまはおれをチュルク国王の宮殿へ案内することはできまい。この男ならできる。だいたい、自分の国を出てここまでやって来たぐらいだからな」

「だが、もし裏切ったら……」

「裏切れば殺す。こやつだけでなく、こやつの家族をひとりのこらずな」

イルテリシュはジャライルを見やり、何度めかの血笑を浮かべた。

「とはいえ、おれは功に報いる道も知っておるぞ。ジャライル、と申したかな、きさまがおれに利益をもたらすのであれば、それに応じて報酬は充分にくれてやるぞ」

報酬のことなど、ジャライルはどうでもよかった。家族を救えればそれで充分だ。カルハナ王には死んでほしいが、それも家族の安全を願えばこそである。

突然だった。ジャライルはあることを想い出し、大声をあげた。

「イ、イルテリシュさま、仮面兵団のことをご存じでしょうか」

「仮面兵団、だと？　何だ、それは」

「ああ、やはりご存じなかったのですね。ではお話し申しあげます」

ジャライルは息をはずませた。この消息《しょうそく》は、イルテリシュにとって貴重なもののはずだ。

「つい昨年のことです。一万人にのぼるトゥラーン兵士が、生きのこった勇者たちが、チュルク国内へ呼ばれました」

「一万人だと？」

「はい」

「くわしく話せ。隠しごとは許さんぞ」

知るかぎりのことを、ジャライルは語った。トゥラーン国が崩壊した後、その故地にのこった兵士一万人がチュルク国王カルハナに呼びつけられ、仮面の将軍にひきいられて南方のシンドゥラ国へと出征していったこと。その後チュルク国は北方からパルス国に進攻され、大きな損害を出したこと……。

仮面兵団のことはチュルク国の機密であり、カルハナ王をはじめ、ごく少数の者しか知るところではない。シング将軍は、ごく少数のうちのひとりだった。彼は国の機密をかるがるしく家族に洩《も》らすような人物ではなかったが、パルスに潜入する前夜、仮面兵団について知るかぎりのことを、ひそかに息子につたえたのだ。

おそらくシング将軍は、国の機密を息子に知らせることで、それが身を守ることに役立つよう期待したのだろう。父の期待どおりになるかどうか、ジャライルにはわからない。

「……一万人のトゥラーンの勇者……！」

話を聴き終えて、イルテリシュはうめき声をあげた。おそろしいほどの渇望《かつぼう》が声にこもった。彼が地底で眠らされている間に、そのようなことがあったとは。一万人のトゥラーンの勇者。それが現在イルテリシュの手もとにあれば、彼らの先頭に立って、雷のごとく嵐のごとく、エクバターナへ攻めよせるものを。

「その一万騎を、カルハナめは道具として使ったあげく、異国の野に棄《す》て去りにしおったのだな」

「父からはそう聴きました。実際、ひとりとして帰っては来ませんでしたから、まちがいないと思います」

「カルハナとやら申すやつ、その一事だけでも死に値する。誇り高いトゥラーン騎兵を道具として使いすてに……！」

イルテリシュの全身が憤怒と憎悪で膨《ふく》れあがったかに見えた。大きく口が開いた。そこからすさまじい咆哮《ほうこう》がほとばしるものと、ジャライルは予想して首をすくめた。

だが、ジャライルの耳を打つ大音響は、思わぬ方角からとどろいてきた。底知れぬ闇の奥から、慄然《ぞつ》とするような音の洪水があふれ出し、そのおぞましい流れは、ジャライルを押し流さんばかりだった。

VI

雷鳴さながらの音響は、かさなりあって洞窟の壁を震わせ、しばらくは消え去らなかった。人間たちは無言のまま、それぞれの姿勢で動かない。

「あ、あれは何の音でございますか」

意を決してジャライルがわななく声で問うと、魔将軍イルテリシュは、さもつまらなそうに、隻眼《せきがん》の魔道士を指さした。

「こやつのつかえる蛇王だか蛇神だとかが、咆《ほ》えたてておるのだ」

「蛇王？」

「みだりに御名《みな》を口にするな！」

魔道士ガズダハムは、おしころした声で、イルテリシュらの不敬をとがめた。

「では、何と呼べばいいのだ？」

「ええい、お前などがみだりに御名を口にする必要があろうか。イルテリシュよ、無学なお前などにはわかるまいが、おれがおつかえ申しあげているのは比類なき無敵の存在。お前ごとき指先でひねりつぶせるのだぞ！」

「ほほう、では、なぜ、こんな地底で、いつまでも苦しめられておるのだ？」

イルテリシュの指摘に、魔道士は胸をそらしてみせた。

「すべては深き思慮《おもんぱかり》あってのことだ。地上の人間どもを傲慢《ごうまん》と虚栄の高処《たかみ》にすわらせ、いつわりの栄華を味わわせておいて、その絶頂に、恐怖と絶望の底へたたきこんでやる。それこそ至上の愉《たの》しみというものぞ」

「三百年以上たつというではないか。ずいぶんと気長なことだな。おれだったら三日も耐えられぬわ」

「不敬の言もほどほどにしておけ！　蛇王の御前に立てば、お前の大言壮語《たいげんそうご》など天の涯《はて》へ吹っ飛ぶわ。いや、立つどころか、腰をぬかして泣きわめくに決まっておる！」

「おもしろいな、ためしてみるか」

「おお、よい機会だ。蛇王さまの御影《みかげ》の端をおがませてくれる。ついてまいれ。だが途中で引き返そうとしても、もうおそいぞ」

「……あの、私めは？」

おびえた表情で、ジャライルが問う。

「まあ、いっしょに来てみろ、チュルク人」

イルテリシュが誘う。

「この魔道士めがやたらと畏《おそ》れ戦慄《おのの》いておる蛇王とやら、おれもまだ面《つら》を見たことがないでな。この際、ひとつ見物させてもらうとしよう。話の種というものだ」

「罰あたりめが。両眼がつぶれるぞ」

魔道士ガズダハムがうめくと、イルテリシュはせせら笑った。

「そのときには、きさまの残った片眼をもらいうけるとしよう。世の中がゆがんで見えるかもしれんがな」

ガズダハムが一段と表情を引きつらせ、左手を左眼にあてた。視界がさえぎられ、何かにつまずいて、よろめいた。倒れはせず、痩《や》せた肩をそびやかして歩みを再開する。

ジャライルは、イルテリシュに低声《こごえ》で問わずにいられなかった。

「あのお人とは、長いお仲間なのですか？」

それにしては仲が悪いように思えたのだ。

ふん、と、イルテリシュは片頬で笑った。

「ジャライルとやら、お前の眼にどう映っておるかは知らんが、おれは好きこのんで化物どもといっしょにおるわけではないぞ」

トゥラーン語とチュルク語とで、いちおう会話は通じる。イルテリシュはトゥラーン語で会話することに、あんがい人間らしい喜びを見出しているらしい。それに気づいて、ジャライルはひそかに安堵《あんど》した。この魔将軍の話相手になっているうちは、殺されずにすみそうだ。

イルテリシュは歌うがごとくしゃべった。このおそるべき魔人が、まるで夢でも見ているように。

「地平線を埋めつくして、トゥラーンの鉄騎隊が草原を駆ける。太陽神《ダヤン》の軍旗を風にひるがえし、さえぎる者をことごとく討ちほろぼして……」

言葉を切って、イルテリシュは、じろりとジャライルを見やり、大声をあげた。

「出てこい、レイラ、お客だぞ」

ぎょっとしてジャライルが振り向くと、いつのまにか後ろに女が立っていた。手に長大な棒を持ち、地面に突いている。こんな地底の魔境に女がいるとは思わなかった。

レイラと呼ばれる女は、ジャライルとたいして年齢が変わらないようだ。たいそう背が高く、引きしまった身体つきをしている。髪は男のように短い。左腕にはみごとな銀の腕《うで》環《わ》をはめており、戦士のような服装にそれだけがそぐわなかった。

「ジャライルよ、こいつにはチュルク語は通じんからな。パルス語でしゃべれ。どうも話相手がおらんでつまらなそうだから、適当に女でもさらってくるつもりだったが、お前でもいないよりはましだろう」

魔道士はすでに何歩も先を歩んでおり、イルテリシュは足を速めて追いつこうとしていた。ジャライルは女を見やったが、顎《あご》で指示されたので、歩き出しながらそっと尋ねた。

「あなたは……あの将軍とおなじトゥラーン人ではないのですか」

「わたしはパルス人だよ」

そっけなく答えるレイラを、ジャライルはおずおずと見やった。笑顔にはほど遠い、こわばった表情。飾り気のまったくない、男のような服装。それにもかかわらず、ジャライルは、レイラを美しいと思った。美しくて強い女《ひと》のように感じた。

「わたしはあの人の妻なんだ」

レイラの声には、誇りもなければ羞《は》じらいもない。さだめられたことだからしかたがない、とでもいいたげな投げやりな調子があった。

パルス人の女がトゥラーン人の男の妻になるには、事情があるだろう。強《し》いられたのか、と思ったが、まさか口に出して問うわけにはいかない。沈黙して、ジャライルは歩みを進めた。

レイラは彼の後から歩む。最後尾をかため、ジャライルの逃亡をはばむということだろう。

「いつからここにおられるのでしょうか?」

「想い出せない」

レイラが頭を横に振った。

「……いろいろなことを忘れてしまって、想い出せずにいるような気がする」

イルテリシュが振り向いて問うと、レイラの頬が一段とこわばった。

「想い出したいか」

「想い出しても、しかたない。現在はわたしはあなたの所有物《もの》……」

左手を額にあてる。左腕にはめられた腕環が闇のなかに白々と浮きあがった。

「その腕環の由来も、想い出さんか」

イルテリシュは騎馬の戦士だ。敵を殺し、女をうばい、財宝を掠奪《りやくだつ》する。公平に分配するためには、財宝の価値を正しく知っていなくてはならない。イルテリシュの鑑《み》るところ、レイラの腕環は銀製だが、なまじの黄金より高価な細工《さいく》に思われた。レイラの服装が簡素であるだけに、腕環がよけいに目立つ。この女の出自《しゅつじ》は平凡なものではあるまい、と、イルテリシュは思っている。

思えば奇怪な一行であった。トゥラーン人の王族、チュルク人の若者、パルス人の女、パルス人の魔道士。他の三人とおなじ場所にいても、ひとりひとり心は孤絶の状態にある。チュルク人の若者は、前をいくイルテリシュのたくましい姿を闇にすかし見ながら、心のなかでうめいていた。

「正気なのは、おれだけではないか。いや、いつまでもこんな場所にいたら、おれだって狂ってしまう」

いっそ狂ってしまったほうが楽かもしれない。そのような考えすら、ジャライルの心に浮かんだ。だが牢獄に在《あ》る家族のことを思えば、ジャライルには狂うことさえ許されないのだ。こうなったら、どこまでもイルテリシュにしたがい、彼がチュルク国を簒《うば》うのをてつだうしかないのだった。

魔道士ガズダハムの場合、ほとんどのパルス人は彼を見て、「あいつはとっくに狂っている」と思うであろう。だが、当のガズダハムには、彼なりの悩みもあれば困惑もあるのだった。

「グルガーンめ、いったいどこで何をしておるのか」

かなり長い間、同志からの連絡が絶えている。最後の連絡の内容は「万事、順調」というものだったが、まことに順調であるなら、吉報があいついでもよさそうなものだ。彼ガズダハムがパルス東部で苦労をかさね、片眼までうしなったというのに、グルガーンやグンディーは王都エクバターナでどのていどの活動をしているのか。

「まさか、使命を忘れ、安楽にふけっているわけでもなかろうが、おれほどの苦労を、やつらはしていないのだろうか……」

不覚にも、口に出してしまったらしい。イルテリシュがわざとらしい声を出した。

「ほほう、仲間がきさまほど苦労しておらぬとして、それがいまいましいか。魔道士でも俗世の栄達や富がほしいと見えるな」

「おれは栄達も富も求めぬ！」

ガズダハムはわめいた。隙を見せてしまったことに気づいて、動揺を隠しきれない。

「おれはただ蛇王ザッハークさまの使徒として、下僕として、ひたすらおつかえするのみだ。服従と奉仕、献身と自己犠牲、それこそがおれの喜びなのだ！」

「それはまた殊勝《しゅしょう》なことだ」

イルテリシュは冷笑した。眼前にいる魔道士を揶揄《やゆ》するのに、ささやかな愉《たの》しみを見出したようである。

「蛇王だか蛇神だか知らぬが、トゥラーン人には縁がなさそうだな。王であれ神であれ、人の上に立つ者は、人に利益をもたらさねばならぬ。功績に応じて、公平にな。何の見返りもなく一方的に忠誠や献身を要求する神など、トゥラーン人には必要ないのでなあ」

ガズダハムは逆上した。

「呪《のろ》われた民め！　神から見放されたトゥラーン人め！　いずれ恐ろしい罰が下されよう。そのとき泣きわめいても遅いぞ！」

近づいて斬られるのが怖《こわ》いので、逆上はしてもガズダハムはイルテリシュから距離を置き、半円を描くように跳《と》びはねる。唖然《あぜん》として、ジャライルは魔道士の狂態を見守っていた。

「なるほど、なるほど。蛇王だか蛇神だかは、使徒たるきさまに利益をあたえてはくれぬし、加護《かご》すらしてくれぬというわけだ。きさまが右眼をうしなったときにも、助けてはくれなかった。それとも、忠実な使徒を助ける力もないのかな」

「ど、どこまでも罰あたりなことを……」

「まあ聴け、おれがいいたいのは、蛇王ではない、カルハナめのことなのだ」

Ⅶ

トゥラーン人にとって「無欲な人間」とは「財宝をほしがらない人間」のことではない。「財宝を他人に分けてやる人間」のことである。いいかえれば、「気前のいい人間」のことだ。

神だろうと王だろうと、民から敬《うやま》われるからには、民に何か恩恵《おんけい》をあたえねばならない。トゥラーン人は太陽神《ダヤン》を信仰するが、それも日の光をめぐんでくれるからだ。長雨がつづくと、太陽神《ダヤン》に貢《みつ》ぎものをささげるのを中止することさえあった。

功利的といえばたしかにそうなのだが、だからこそトゥラーン人イルテリシュは見ぬくことができた。蛇王ザッハークを信仰する魔道士ガズダハムの心性の異様さを。そしてもうひとつ、チュルク国王カルハナの統治者としての欠点をも。

「カルハナめは臣下に対して冷厳で、功労に対して酬《むく》いることが薄いようだ。臣下はカルハナを畏《おそ》れてはいるが、好いてはおらず、むしろ怨みを抱いておる。おれがカルハナを殺しても、やつの財宝を臣下に公平に分配してやれば、チュルク人どももおれにしたがうだろう。正統性がどうこういうのであれば、カルハナめの息女を形だけ妃にしてもいい。どうだ？」

「な、なるほど」

ガズダハムはうなずいたが、意外の念を禁じえなかった。イルテリシュは勇猛だが単純な男で、きわめて馭《ぎょ》しやすい。そう思っていたのだが、この知謀——というより奸智《かんち》はどうであろう。蛇王ザッハークさまの偉大なる感化によるものなのか、もともと機会がなかっただけで本来このていどは考え出すやつだったのか。にわかにガズダハムには判断がつかなかった。

ジャライルは沈黙を守った。カルハナ王から「予の息女の夫にしてやってもよい」といわれたのが、はるか昔のことのように思われる。現在《いま》となってはどうでもいい。

「なぜ蛇王と呼ばれるのです？　身体が蛇の形をしているのですか？」

先刻から気になっていたことを尋ねてみる。

「いや、何でも、人の形をしているが、左右の肩から蛇が一匹ずつ生《は》えておるそうだ。その蛇は餌《えさ》を食うのか、魔道士？」

「食う」

「いったい何を食うのだ」

「人の脳だ」

ことさら声を低くしてガズダハムが答えると、ジャライルは息をのみ、イルテリシュは短く笑った。

「悪食《あくじき》と見えるな。羊の脳なら、おれも食ったが、べつにうまいものでもない。赤身の牛肉に岩塩の味を効《き》かせたほうが、ずっとうまい。いくらでも腹にはいるぞ」

ガズダハムは返事をしない。彼は本気でこの不遜《ふそん》なトゥラーン人を憎みはじめていた。蛇王ザッハークがパルス人に対しておよぼす巨大な畏怖《いふ》と脅威が、このトゥラーン人にはまるで通じないようなのだ。

めざめたときには「ザッハークさま」などと敬称をつけていたが、どうも洗脳の効果が薄れているらしい。すでにガズダハムの手にあまりかけている。必要とあらば、グルガーンやグンディーの手を借りてでも、このトゥラーンの驕児《きょうじ》に思い知らせてやりたいものだ……。

「あの音は何だ?」

イルテリシュがうなり声をあげた。前方にひろがる闇の奥で、薄赤い光がちらつく。そこから重く鈍い、そのくせ突き刺さるような金属性の音がひびきはじめていた。

「く、鎖の音みたいだけど……」

レイラの声が、大きく揺れる。おなじことをジャライルも感じたが、口のなかが乾《ひ》あがったようで、舌が自由に動かない。風と感じられるのは、吹きつける瘴気《しょうき》であった。髪がさかだつかのようだ。

「畏《おそ》れかしこめ。讃《たた》えまつれ。迎えまつれ。比類なく偉大なる蛇王ザッハークさまの御影じゃ。あおぎ見るがよいぞ！」

狂った感動の声が、魔道士ガズダハムの口からほとばしる。他の三人は無言でガズダハムにつづいた。ただ最後尾のレイラは全身をこまかく慄《ふる》わせ、足どりが重い。

黄白色の岩盤があらわれた。不自然な薄あかりが岩盤を照らし出している。そこに黒い影が揺れていた。巨大な影だ。形は人のように見えるが、頭部が奇妙に四角い。そして首の左右で何かが踊りまわっている。肩のあたりから奇怪にねじれた樹木が生《は》えているらしい。いや、樹木ではない。それは二匹の蛇であった。

ジャライルは悲鳴をあげることさえできなかった。よろめきつつ二、三歩後退し、ひざがくだけ、へたりこんだ。その瞬間に発狂しなかったのは、おどろきと恐怖の連続で、心が麻痺《まひ》していたからであろう。

イルテリシュでさえ平静ではいられなかった。「ぐうッ……」とうめき声を洩らし、右手を岩壁にあて、かろうじて身をささえる。こめかみに血管が浮きあがり、両眼が血走った。吹きつける瘴気が内臓をわしづかみにするかのようだ。口から舌を突き出し、激しく呼吸する。全身から冷たい汗が噴き出す。

もっとも恐怖に打ちのめされたのはレイラだった。彼女はパルス人であり、ものごころついて以来ずっと、蛇王ザッハークの恐怖を心にきざみこまれてきたのだ。わなわな慄える手から棒が落ち、岩にぶつかって、かわいた音をひびかせた。

「ザッハーク……ザッハークだ。ああ、肩から生えてる……蛇が生えてる……わああ……！」

麻痺しかかったジャライルを、いまさら仰天《ぎょうてん》させるような叫びを放つと、レイラは両手で頭をかかえてよろめいた。

「いや、いやだ、助けて、食べられる、頭を割られて脳を食べられちゃうよう……！」

イルテリシュは、錯乱したレイラを、なだめようともなぐさめようともしなかった。無言のまま左手でレイラを岩壁に押さえつけると、右手の親指を彼女の頸部の付根にあて、力をこめておさえつける。

レイラの叫び声がとまった。二、三度、激しいが浅い呼吸をくりかえすと、両眼が白くなった。全身から力がぬける。

くずれ落ちそうになるレイラを、イルテリシュはささえて、徐々に岩の上に横たえた。

「喚《わめ》きたてる女は、胡狼《ジャッカル》におびえる子羊より始末が悪い」

イルテリシュは吐きすてた。額から頰へ、冷たい汗が流れをつくっていたが、声はうわずってはいなかった。

皮肉なことに、トゥラーンの狂戦士は、レイラを「黙らせる」ことで、自分自身の平静さを回復したのであった。といっても完全ではなく、八割がたというところであったろう。

イルテリシュは大剣の柄に右手をそえながら、蛇王ザッハークの魔影《まえい》をながめた。その光景から毒が流入するのを拒《こば》むかのように、両眼を細めている。いや、彼の視線は、ザッハークそのものにはそそがれていなかった。太い鎖が幾本も引きちぎられ、それこそ鉄の大蛇のごとく岩の上に散らばっている。いま蛇王の巨体を縛る鎖は一本のみ。蛇王の動きに応じて揺れながら、切れる気配すらなく、蛇王の自由をうばいつづけている。

「なぜ、あの鎖だけが切れぬ？」

「理由がある」

「だから、その理由を問うておるのだ」

怒気をふくんだイルテリシュの声に、魔道士ガズダハムは低いささやきで答えた。

「その鎖は、宝剣ルクナバードとおなじ鉄からつくられておるのだ」

「ルクナバード？」

「英雄王などと僭称《せんしょう》しおったカイ・ホスローめの愛剣よ」

イルテリシュは眉《まゆ》をしかめ、生前の記憶をさぐった。

「ふん、想い出したぞ。パルスの王家に歴代つたわる護国《ごこく》の剣であったな。太陽の欠片《かけら》を鍛《きた》えたとかどうとか、戯言《ざれごと》を聞かされたことがある。なるほど、切ろうとしても切れぬ理由はわかったが、それならなぜ、他の鎖もおなじ材料でつくらなかったのだ、カイ・ホスローは？」

「材料がすくなかったからよ。戯言であるにせよ、太陽のかけらを鍛えあげたなどと称しておるのだ。世にまれな種類の鉄に、呪法《じゅほう》をほどこしてある。大量につくれるものではないわ」

「それで一本の鎖しかつくれなかったわけか」

「たった一本しかな」

「そのたった一本が、蛇王の身を縛っておる、と。ふん、さすれば、その一本を切れば蛇王はついに自由の身となるわけだな」

イルテリシュのけわしい両眼に宿った光が、徐々に強くなる。薄気味悪そうに、ガズダハムはトゥラーン人の表情をうかがった。

「蛇王自身が自由の身となれば、おれが代理をつとめる必要もなくなる。そう思わんか、魔道士？」

「そ、そのようなことを申して、そんなことができるわけはない」

「できぬのなら、蛇王はこれからもずっと自由の身にはなれんな。それでもいいのか？」

絶句《ぜっく》するガズダハムに一瞥《いちべつ》もくれず、イルテリシュは舌なめずりした。

「……それに、その鎖をいったん溶かして鍛えなおせば、ルクナバードとおなじ剣ができるはずだな。ふむ、いずれにしても、やってみる価値はある」

第二章　北の混乱、南の危機

I

隣国パルスの暦を用いれば、三二五年七月二十五日のこと。

ミスル国王ホサイン三世は王宮において急死し、その日のうちに八歳の王子サーリフが即位して新国王となった。政変にともない、王都アクミームにおいて流血沙汰《ざた》が生じたが、それも当日のうちにおさまり、国情は安定を回復した。

ミスル国の公式記録はそのように語っている。虚言《うそ》は書かれていない。ただし、事実のすべてが記されているわけでもない。八歳の新国王がみずから国政を動かすことはできず、宮廷書記官長グーリイ卿が宰相《アミーン》となった。そして文官であるグーリイを背後から武力でささえるのは、パルス出身の客将軍クシャーフル卿である。

ここまでは人々に知られていることだが、クシャーフルと称する人物の本名がヒルメスであり、パルスの王族であるという事実を知るミスル人は、ひとりもいない。

八月二日。パルス出身の商人ラヴァンが商売の短い旅を終えてアクミームに帰ってきた。

「たった十日ほど留守にしていただけで、何とまあ」
ラヴァンは汗をふきながらつぶやいた。
眉より細い眼は、ミスルの太陽を受けて、ほとんど糸のようだ。家々や街路樹の蔭《かげ》には
いっても、ほとんどひろがらない。それでも、他人と衝突もせず、客将軍府《アミーンルフ》の門前にたど
りつくことができた。この季節、よく晴れた日、昼下りの時刻に、出歩くような酔狂《すいきょう》な
ミスル人はいないのである。
「パルスの商人だな。いまごろ何しに来た」
いささか意地悪く応対したのは、トゥラーン人のブルハーンである。彼に好感を持たれ
ていないことを、ラヴァンは知っていた。ひたすら恐縮の体《てい》で腰をかがめ、愛想を振りま
く。振りまきすぎればよけいきらわれるから、加減《かげん》がむずかしい。
「まあいい、はいれ。お前が来たなら通すよう、客将軍《アミーン》閣下に命じられている」
ブルハーンとしても、ヒルメスの側近として多忙《たぼう》だし、自覚も芽ばえている。ラヴァン
をことさらいじめるようなことはせず、主君の書斎に通した。
「やっと来たか。おそいな」
客将軍クシャーフルつまりヒルメスもそういった。彼にまで「おそい」といわれて、ラ
ヴァンは恐縮した。もっとも、ヒルメスがラヴァンに急用があるわけではない。ミスルの

夏の慣習にしたがい、午後は休んで夕方からまた王宮に顔を出す。昼寝をしてもよいのだが、ラヴァンが来訪すれば時間つぶしになるのだ。

ラヴァンは商用で手にいれた真珠の首飾りやマルヤム産の葡萄酒《ぶどうしゅ》などを土産《みやげ》としてヒルメスに進呈《しんてい》した。今回の旅は北の海岸ぞいだったのだ。

ヒルメスは鷹揚《おうよう》に受けとったが、彼にとって、多少の土産より貴重なのはラヴァンのもたらす情報だった。この日、マルヤムから来た海上商人からの話として、しばらく前に、ギスカールがマルヤム国王となったことを、ヒルメスは知った。

「ほう、ギスカールがマルヤム国王にな」

かつてルシタニアの王弟《おうてい》であった男との因縁を想いおこして、ヒルメスは笑った。自嘲《じちょう》でもあり冷笑でもあり苦笑でもあった。たがいに利用し利用され、一片の信頼も友誼《ゆうぎ》もなく、それでも手を取りあってパルスへ侵攻した仲だ。その後、当然のごとく決裂したが、どこでどうなったやら知らなかった。

ラヴァンの話を聞きながら、ヒルメスは考えをめぐらせた。

「ギスカールがどのていどマルヤムの国内を掌握《しょうあく》しているのかは不明だが、やつのことだから、利害は充分に計算して行動するだろう。さしあたり、いきなり海をこえてミスルへ侵攻してくることはない。機を見て、ミスルで新国王が即位した旨《むね》、使者を立てて報《しら》せてやればよかろう」

計算高い悪党のほうが、逆上しやすい善人より、よほどつきあいやすいのだ。ヒルメスはギスカールに対し、何の幻想も抱いてはいない。だが、一方で、奇妙な信用を抱いてもいた。

「あの男なら、たがいに損になるようなことはするまい。利益を共有することもできるはず。こちらが隙を見せなければすむことだ」

という意味での信用である。敬意と無縁の信用というものも、人の世にはあるのだ。また仮にヒルメスがギスカールを害しようとすれば、軍船を出し、海を渡ってマルヤムに押しかけるしかない。ギスカールはマルヤムの旧王家を滅ぼし、ヒルメスは旧王家の王女イリーナを妻にしていたから、ヒルメスにとってギスカールは妻の仇《かたき》、という論法も成立はする。だがそれを理由にマルヤムとの間に戦端を開くのは、武力の濫用《らんよう》というものだ。

ラヴァンの話が一段落したところで、ヒルメスは孔雀姫《ターヴース》フィトナを呼んでラヴァンに紹介した。

ホサイン三世の死後、後宮《ハレム》の妃妾《ひしょう》たちをどうするかが問題になった。何しろ新国王サーリフはまだ八歳で、女色には当分、縁がない。縁ができるまで後宮《ハレム》を維持する費用も莫大なものになる。

ヒルメスが宰相グーリイを動かし、グーリイが王太后ギルハーネに進言して、後宮はいったん閉鎖されることになった。妃妾たちは充分な手当金を受けとって、実家に帰る者は帰り、結婚する相手が見つかった者は結婚する。どこにも行くあてのない者は、女官として王太后につかえる。新国王が十五歳になったら後宮を再開するが、あらたに妃妾を人選するときには、万事、王太后の主導のもとにおこなわれることになる。

王太后にまったく異存はなかったので、ただちに布告が出されて、後宮の女たちは解放された。七月三十日朝のことで、正午までに後宮の半分が空《から》になった。

孔雀姫《ターヴース》フィトナは、五人ばかりの侍女と黒人宦官《かんがん》ヌンガノをともなって、さっさとヒルメスの邸宅に身をうつした。「客将軍府《アミーンルフ》」の女主人となったのである。

異論をとなえる者は、だれもいなかった。客将軍クシャーフルはいまや武力で国都アクミームを支配する身だ。彼ほどの権力者が、主人《あるじ》なき後宮の女性を自分のものにしたところで、何の問題もない。ましてフィトナはミスル国内の名門の令嬢でもなく、異国から献上された孤独な身である。

マルヤム国の王女イリーナを妻としたときも、ヒルメスはとくに婚礼の式らしきものをあげなかった。国をすて、流亡《るぼう》の身だったからでもあるが、今回もそのような予定は立てていない。国内がまだ安定してもいないのに、盛大な婚礼の式など挙行したら、ミスル人の反感を買うだけであろう。

フィトナのほうも、婚礼をヒルメスにねだったりはしなかった。自由の身になり、使用人たちに女主人として鄭重《ていちょう》にあつかわれるだけで満足しているようだ。ただし当面のことで、将来には婚礼などよりもっと壮麗な何かを期待しているようではある。

ラヴァンが愛想を振りまき終わって辞去すると、フィトナはヒルメスに寄りそうような姿勢で内密の話をはじめた。

「黄金仮面をかぶっていたあの男のことでございますけど」

「ああ、シャガードといったな、たしか。もう療養はすんだか」

「すっかり。あの男を、クシャーフルさま、どうなさるおつもりですの？」

「急《せ》かすな。どのていど役に立つか、観《み》ているところだ」

じつのところ、シャガードについてヒルメスは何も決めていない。シャガードの才幹《さいかん》も器量も、見切ったと思ってはいるのだが、それがヒルメスにとって役に立つかどうか確実にはわからないのだ。

前国王ホサイン三世を殺して、顔を焼かれた復讐《ふくしゅう》はとげた。シャガードがそれで気力を費《つか》いはたしたというのであれば、ほどほどの財産をくれてやり、気候のよい土地で安楽に余生を送らせてやればよい。それ以上、ヒルメスも気を遣《つか》わずにすむし、むだな血が流れることもない。

だが、そうでないとしたら。

シャガードが身のほど知らずの野心を抱き、ヒルメスに対して過大な要求をしてきたら、どう対処すべきか。もちろん、ヒルメスは要求を受け容《い》れるつもりはない。逆に、シャガードを処断《しょだん》する理由ができる。そうなれば、いっそ始末がいいのだが。

考えているヒルメスに、フィトナがいう。

「クシャーフルさま、わたしの考えをお聴きくださいましな」

「あの男をどうしろというのだ」

「お断りあそばせ」

「ずいぶん結論が早いな」

「どうせ、たいして役に立つとも思えませぬ」

「いささかの才気はあると思うが」

「たいせつなのは忠誠心でございましょう。クシャーフルさまのご指示を、私心なく、つつがなく果たしさえすれば、それで充分。才気があるつもりで野心ばかりふくらませるような者、必要ないと存じます」

「どうもあの男がきらいなようだな」

「あの男の、わたしを見る目が気に入りませぬ」

フィトナの顔に嫌悪《けんお》の色が浮かぶのを見て、ヒルメスはかるく苦笑した。

「なるほど。だがな、フィトナ、そなたは美しすぎる。たいていの男は、賛美の視線を向けずにおられまい」

「賛美の視線と欲望の視線はちがいます。あの男は、わたしを、奴隷女としか見ておりません」

フィトナの言葉はヒルメスをうなずかせたが、彼は即答《そくとう》を避けた。

「シャガードめを殺すとすれば、当日のうちにやっておくのだったな」

いったん生かしてしまうと、あらためて殺すのは、意外とめんどうなものだ。何より、きっかけが必要であった。

II

ヒルメスとフィトナとの会話を耳にしたはずもないが、翌日、八月三日になってシャガードが、客将軍府をおとずれた。輿《こし》に乗り、紗《しゃ》の布で顔をおおっている。人払いをすませると、胸に一物ありげな声を出した。

「今日はお願いがあって参上いたしました、ヒルメス殿下」

「何がほしいのだ？」

その声に遠雷の兆《きざ》しを聴きとったかどうか、舌なめずりしてシャガードは答えた。

「将軍の称号と、パルス人部隊の統率権を」

対面に際してシャガードは布をとった。顔に火傷《やけど》をおった男ふたりが視線をかわしあう。

「将軍の称号はまあいいとして、パルス人部隊の統率権はおれのもの。あえてそれを譲れというのか」

「ヒルメス殿下は、ミスル国の全軍を統率なさる。その中核たるパルス人部隊は、不肖《ふしょう》この私に指揮をとらせていただきたい」

「何をやりたいのだ」

「パルス人部隊をひきいて、パルスへ進攻し、憎きナルサスめの首を奪《と》ります」

ヒルメスはかるく眉をあげ、無言でシャガードを見すえた。シャガードの両眼に狂熱の焔《ほむら》がちらついている。

「いや、ただ殺すものか。やつの身体に奴隷の焼き印を押し、両眼をつぶし、舌を引きぬいてくれましょう」

「両眼をつぶした奴隷では、高くは売れんだろうな」

「売れなくてけっこう。私が所有します」

「パルスに軍を進めるとしても、その目的は、へぼ画家の首をとることではないぞ。第一、そんなことをする時機でもない」

「そう長くは待てませぬ。場合によっては、私がパルス人部隊のみをひきいて進攻することをご許可いただきたい」

「忘れるなよ、シャガード」

ヒルメスの声が凄《すご》みをおびた。

「きさまはおれの名を騙《かた》った。パルスの王族たるを僭称《せんしょう》したのだ。その罪が死に値すること、承知しておるだろうな」

「そ、それは好んでのことでは……」

「わかっておる。だからこそ、きさまの首はまだ肩の上にのっておる。だが、事実は事実、罪を問おうと思えば問えるのだ」

シャガードは椅子《いす》から腰を浮かせかけた。呼吸が速く、短くなっている。うとましい思いで、ヒルメスはかるく視線をそらせた。

シャガードの心情は、理解できないでもない。ヒルメスは半日にしてミスルの国権を強奪したが、その始まりは、シャガードが前国王ホサイン三世を人質としたことにある。シャガードからすれば、ヒルメスはシャガードの激発《げきはつ》に便乗したにすぎない。自分は利用された、と、シャガードは信じこんでいる。自分の功績は巨大であり、厚く酬《むく》われるのは当然だ、と思いこんでいるのだった。

「まあ、よかろう」

ヒルメスは努《つと》めて口調を変えた。

「きさまの気持ちはよくわかった。ナルサスの首はきさまにやろう」

気前よく、ヒルメスは言明《げんめい》した。

将来、ヒルメスが首尾よくパルスの国権を手に入れたとしても、ナルサスが彼にしたがうはずがない。ナルサスに忠誠の義務がないとすれば、ヒルメスには庇護《ひご》の責任がない。ナルサスは自分の首を自分で守ればよいのだ。

「このシャガードめに、ナルサスの首をとれるだけの力量があるとも思えんがな。返り討ちにあうとすれば、それもこいつの運命というものだ。ま、せいぜい努めるがいいさ」

思っても口には出さず、ヒルメスがうなずいてみせると、すかさずシャガードは問いかけた。

「将軍の称号は?」

「それもよかろう。近日中に、適当な称号を選んでおく」

「パルス人部隊の指揮権は？」

身を乗り出したシャガードの鼻先で、ヒルメスは氷の扉を音たかく閉ざした。

「つけあがるな！」

見る見る蒼白になったシャガードを、氷の扉ごしにヒルメスは見すえた。

「きさまに功績がないとはいわん。だから地位と富はくれてやろう。だが、実権をあたえる気はない。まして武力など」

「………」

「マシニッサの邸宅をきさまにやる」

ヒルメスは告げた。

「それと、国庫から年に金貨を一万枚、死ぬまで俸給としてやろう。それで不満というなら、かってにするがいい」

「……ナ、ナルサスの首は……」

「いつまでにくれてやる、と刻限を切ったおぼえはない。一生かけての目標というなら、その日を待て。待てぬというなら、一兵もなしに自分ひとりで好きに行動することだな」

しばし沈黙があった。重苦しい、大蛇のようにのたうつ沈黙である。シャガードは太い息につづいて、かすれた声を吐き出した。

「つつしんで、ヒルメス殿下の御意《ぎょい》にしたがいます」

「賢明だな」

「ただひとつ、お願いが」

「何だ」

「金貨一万枚を賜《たま》わるとのおおせですが、できましたらそれを早めにいただけましょうか」

「それはかまわぬが……」

ヒルメスはシャガードの心情の動きを追おうとして、慎重になった。

「早急《さっきゅう》に必要なのか」

「というわけでもございませんが、つい先日までホサインめに苦しめられた身なれば、思い切り散財《さんざい》して、自由の身を謳歌《おうか》したいのでござる」

「酒と女か」

「まあさようなところで……」

「よかろう、すぐ用意させよう」

どうやらシャガードは俗物らしい。孔雀姫フィトナの言葉を思いあわせて、ヒルメスはそう思った。シャガードが酒色《しゅしょく》におぼれ、安楽な生活に満足してさえいれば、めんどうがなくてすむ。

じつのところ、シャガードひとりにかまってはいられなかった。宰相となったグーリイは、国権を独裁するのが心ぼそくて、何かとヒルメスをたよったのである。

ヒルメスは現在以上の地位をグーリイに要求しなかった。客将軍という称号のまま、一歩しりぞいてグーリイを背後からささえる。この将来《さき》、何年かはそれでいい。急ぐ必要も、あせる理由もなかった。

シャガードが辞去すると、隣室から姿をあらわして一礼したのは商人ラヴァンだ。孔雀姫フィトナに気に入られたようで、彼女の居室の調度を買いととのえるため、前日もこの日も出入りしている。

「あの御仁《ごじん》が黄金仮面をかぶっておられたのですか」

「来ておったのか。やつをどう思う？」

ヒルメスが、さしさわりのない範囲でシャガードとの会話の内容を教えると、ラヴァンの細い眼がさらに細くなった。

「いや、クシャーフル卿もずいぶん寛大でいらっしゃいますなあ。お役に立たぬ者に、大金をおあたえになるとは。死金《しにがね》にならねばよろしゅうございますが」

「そういうきさまは、おれの役に立っているという自信があるらしいな」

ヒルメスの皮肉に、ラヴァンは口に手をあて、首をすくめてみせた。そのようすが滑稽《こっけい》だったので、ヒルメスは失笑《しっしょう》した。その日はそれで終わったが、五日後のこと。あわただしく入室してきたブルハーンが、やや早口に報告した。

「ディジレ河の上流より、軍船が三隻《せき》、国都へ急接近しつつあるとのことでございます」

III

河面《かわも》を風が吹きわたって、一瞬だが、耐えがたい暑気を払いのけた。八月八日の午後である。

露台《バルコニー》に立ったヒルメスは、額《ひたい》に手をかざしてディジレ河の方角を見やった。河面に日光が反射してまぶしいが、やがて眼が慣れてくる。

たしかに軍船であった。それほど大きくはない。五十人乗りというところであろう。船首に鰐《わに》の彫刻がほどこされ、船体の左右から十本ずつ櫂《かい》が河面へ突き出ている。黄色や青の三角旗がひるがえっているのも見えるが、ヒルメスが眼にとめたのは、船体に突き刺さった何本かの矢や槍《やり》であった。

ほどなく、客将軍府《アミーンルフ》の門を、王宮からの使者がくぐった。

「南方軍都督《キャランタル》カラベクよりの使者が急行してまいったそうで、ただちに王宮へ参内《さんだい》なさるよう、宰相閣下からのお達しでございます」

口上を述べる使者に、ひとつうなずくと、ヒルメスは、この日も顔を見せていたパルス商人をかえりみた。

「ついてこい、ラヴァン、通訳だ」

「はいはい、ただちに」

「護衛はブルハーンひとりでよい」

使者とともに、合計四騎が客将軍府の門を出て、王宮へと駆けつける。王宮では宰相グーリイが待ちかまえていた。

「よく来てくれた、クシャーフル卿」

「南方軍からの急使とか。何ごとですか」

「まだわからぬ。おぬしが来てから話を聴くつもりでな。使者はビプロスと申して、都督《キャランタル》カラベクの息子なのだ」

カラベクの次男であるビプロスは、ヒルメスとおなじ年代のようであった。陽《ひ》に灼《や》けた顔に、たくましい肩や腕。頬《ほお》と顎《あご》には、短いが濃い髯《ひげ》をたくわえている。

重厚さには欠けていた。玉座にすわる八歳の新国王に、ひざまずいて深々と礼をしたが、表情はおどろきを隠しきれず、左右の眼球がよく動く。

「勅許《ちょっきょ》もなく、任地より国都へ、かってに帰ってまいったのは何ゆえか。正当なる理由がなければ、罪はまぬがれぬぞ」

グーリイは声をはげました。

ビプロスは以前にも父親の使者として国都アクミームに上《のぼ》ったことがあるが、そのときグーリイは一介《いっかい》の宮廷書記官にすぎなかった。それがいまでは宰相である。おおいに威厳をたもつ必要があった。ことさら両肩をそびやかし、きびしげな眼を向ける。

ビプロスのほうでは、グーリイなどおぼえていないし、国都における政変自体、はじめて知ったのである。ひたすらおどろくばかりであった。かさねて問いかけられ、ようやく弁明した。

「さ、されば一大事がおこりましたゆえ、一刻も早く国王陛下にご報告すべきと存じました。勅許をいただく余裕とてござらず……」

「して、一大事とは何か」

ひと呼吸おいて、ビプロスは答えた。

「アカシャ城がナバタイ軍の攻撃を受け申した。敵の数は多く、しかも不意を打たれ、アカシャ城は陥落の危機に瀕《ひん》しております。なにとぞ一日も早く、国都より援軍を派遣してくださるよう、伏《ふ》して国王陛下に乞《こ》い願いたてまつりまする」

勢いよく頭をさげると、額が床にぶつかって、かたい音をたてた。それがおかしかったのか、八歳の新国王は短く笑声をあげたが、玉座の左右に立つ者たちにとっては笑いごとではない。

「何と……アカシャが攻撃された？」

あえいだグーリイは、しばし絶句していたが、ヒルメスの視線を受けると、さらにくわしく報告するようビプロスをうながした。

ビプロスの説明は、あまり要領がよいとはいえなかったが、大略つぎのようなものだった。

七月二十六日、というから、国都アクミームで政変が生じた翌日のことだ。

南方軍都督《キャランタル》としてアカシャに駐在するカラベクは、すでに七十歳。高齢を理由として、かねてから引退を申し出ていた。ゆえにヒルメスが後任として選ばれたのだ。叙任《じょにん》はすんでいたが、直後にホサイン三世が横死《おうし》したため、人事は発効していない。アカシャのほうでも未だその事実は知らなかった。

その日、カラベクは二百騎ほどの兵をひきいて城を出た。昨今はめったに城を出ない。みずから引退を申し出るほどだから、かつての体力も気力もおとろえつつある。城外へ出るような任務は、息子たちや部下にゆだねるのがほとんどだった。だが、東ナバタイ王国と西ナバタイ王国との間で小さな紛争が生じ、老カラベクがミスル国の代表として調停するよう求められたのだ。

東ナバタイでは、象牙《ぞうげ》をとるために象が飼われている。その象の群れが逃げ出して、国境をこえてしまった。西ナバタイでは、野生の象を狩って象牙をとる例がほとんどである。逃げてきた象を、半数はつかまえ、半数は殺して、象牙をとっていると、東から象を追って軍隊がやってきた。当然のごとく、東ナバタイ人と西ナバタイ人との衝突がおこったが、両者とも騒ぎを大きくしたくない。

「公平に調停していただければ、ミスル国に百本、都督カラベク閣下に百本、謝礼として象牙をさしあげます」

そう申しこまれて、老カラベクは腰をあげた。部下にまかせてはおけない、というところだ。二百騎ほどの部下をしたがえ、一日行程の距離にある調停の場へ出かけた。

それが罠《わな》だったのだ。

丈《たけ》の高い草が生《お》いしげる高原の道を南下していると、青天なのに雷鳴のような音がとどろいて、象の群れが立ちはだかった。象牙をとるための象ではなく、兵士を乗せた戦象《せんぞう》であった。危険をさとったとき、象の背中から矢の雨がそそぎ、ミスル軍は人馬もろとも象の足に踏みにじられた。

生きのこったのは、わずか十数騎。彼らに守られ、老カラベクはかろうじてアカシャ城へ逃げもどった。城門を閉ざしてたてこもったが、数万にもふくれあがったナバタイ軍は幾重《いくえ》にも城を包囲し、昼夜をわかたず攻撃を加える。

二十九日未明、ビプロスは父の命令を受けて城を脱出した。陸路はナバタイ軍におさえられているため、水路を選び、ディジレ河を下って、八月八日に国都にたどりついたのである。

話が終わると、すかさずヒルメスが問いかけた。ラヴァンが通訳する。

「先ほどから『ナバタイ軍』といっておるが、ナバタイは東西の二王国に分かれておるはず。どちらの軍が攻めてまいったのか」

「そ、それはよくわかりませぬ。たぶん両方……」

「では、東西ナバタイが連合して兵をおこしたと申すのか」

「い、いや、そのようなことは、かるがるしく推測できませぬ」

「では、敵の兵力はいかほどか」

ヒルメスに鋭い質問をあびせられたビプロスは、目をむいて見返した。パルス語でえらそうに問いかけてくるこの男が何者か、もちろんビプロスは知らない。

「答えてくれ。この御仁《ごじん》は客将軍クシャーフル卿。おぬしの父上の後任として、アカシャに赴任しようとしていたところだ」

グーリイにいわれて、ビプロスは考えつつ答えた。

「まず三万から五万というところでございましょう。ただし、後詰《ごづ》めの兵力がどのていどいるかは、判断がつきかねます」

「東西ナバタイが連合したとして、動員可能な兵力は、最大でどのくらいになるか」

「さて……確《しか》とは……」

「やつらの軍は、ひとりの指揮官によって統率されておるのか。それとも、東ナバタイ軍と西ナバタイ軍に、それぞれの指揮官がいて、連係《れんけい》して行動しておるのか。どちらだ？」

「はて……」

「そもそも、東西ナバタイ王国は、軍のみを連合させただけなのか。それとも、両王国が合体してひとりの王をいただくことになったのか。どちらなのだ？」

「………」

ビプロスは浅黒い顔をこわばらせて視線を下に落とす。そのありさまを見て、

「こやつは使えぬ」

と、ヒルメスは内心で舌打ちした。急にせまられてアカシャを脱出してきたとはいえ、

それ以前にナバタイの情勢を精確《せいかく》に把握していれば、ヒルメスの質問にきちんと答えられるはずである。

ビプロスは額に汗をにじませた。

「何分にも、急を要する一大事でござれば、まず王都に第一報を、というのが父カラベクの意思でござった。それがしは父の命令にしたがって、最善をつくしたつもりでござる」

「父カラベク」か。このような情況ではあるが、冷笑をこらえるのにヒルメスは努力が必要だった。カラベクを「南方軍都督」という公職名で呼ばず、「父」と呼ぶ。公私のけじめがついておらず、自分自身の立場に自覚もとぼしいのだ。

カラベクのアカシャ駐在は、すでに十四年。本人がいうように長すぎたようだ。王都における政変の直後にこのような大事が生じたのは、皮肉というには深刻すぎる危機であった。

Ⅳ

さまざまに不満はあったが、ヒルメスとしては、ビプロスの話によって現地の状況を知るしかない。角度を変えて質問をつづける。通訳をつづけるラヴァンは、大任に汗をうかべていた。

「ビプロスどのはカラベク都督のご次男だそうだが、ご長男は父上とごいっしょか？」

「兄でござるか。兄はテュニプと申して、さよう、父とともにアカシャ城にたてこもって
おります」

「ではビプロスどのも心づよいことでござろうな」

「は、いや、たしかにそのとおりではござるが、敵は大軍。いささか心もとのうござる。

何とぞ一刻も早く援軍を出していただきたく……」

ビプロスの表情や口調からヒルメスは読みとった。どうやら老カラベクの長男テュニプ
と次男ビプロスとの仲は、あまりよくないらしい。

ヒルメスは宰相グーリイに向きなおった。

「宰相閣下」

「何か」

「いまビプロスどのがいわれたとおり、一刻も早く援軍を出すべきでござる。不肖このク
シャーフル、前国王陛下より叙任いただいた身なれば、ただちに出陣いたそうと存ずる」

「し、しかし、いまクシャーフル卿に王都を留守にされては……」

新宰相グーリイが色をうしなうのも無理はない。平穏な時期であれば、グーリイはまず

まず無難に国内を統治することができるであろう。だが、性急に国権を手に入れたばかりで、新体制は安定にほど遠い。クシャーフルことヒルメスが不在となれば、何ごとがおこるか知れたものではなかった。

「こうなると、思いきってマシニッサを殺しておいてよかった。やつが健在であれば、おれの不在に乗《じょう》じてアクミームを占拠しようとたくらむだろう。逆にやつが南方軍を救援するために出陣するとしたら、麾下《きか》にあつめた兵力をどう悪用するか知れたものではないからな。カラベクと手をむすばれでもしたらめんどうだった」

そう考えて、ヒルメスは、にわかに思いあたることがあった。

「待てよ、いま、おれは何を考えた？」

ヒルメスは沈黙し、自問した。雲が風に乗るかのように、あわただしく思考をめぐらせる。その姿を、宰相グーリイとビプロスとラヴァンとが、それぞれの表情でながめやった。グーリイは心細さを押しかくし、ビプロスはこの異国人が何をいうか聞いてやろう、といいたげである。

「宰相どの、他に方策はござらぬ。おれが兵をひきいてアカシャに急行いたす。ご許可をたまわりたい」

「そ、それ以外になかろうな」

宰相グーリイも思案をめぐらし、ヒルメスの出陣が避けられないと観念したのだった。

アカシャの城に拠《よ》るミスル南方軍は、約一万五千。緒戦《ちょせん》でどのていどの兵力がうしなわれたか不明だが、大半はまだ健在であろう。とすれば、ナバタイ軍が力《ちから》攻《ぜ》めに城を攻略するには、五万の兵力を必要とする。

「どのていどアカシャ城が保《も》つかわからぬが、城が陥《お》ちていないことを前提にせねば、最初から話にならぬ。クシャーフル卿、どのていどの兵をつれていく所存《しょぞん》かな」

ヒルメスの手もとにあるのは、トゥラーン兵九十名、パルス兵三千名。それにミスル兵を加えて、すぐにも動員できるのは、合計で一万五千というところであろう。これで充分、と、ヒルメスは決断した。戦意にとぼしい兵を三万、五万とかき集めても、行動が鈍重になるだけだし、準備をととのえるにも手間がかかる。

ヒルメスは思案をととのえた。

「ビプロス卿」

「は、何でござろう」

「ただちに軍を動かし、お父上を救出する。兵の半数はディジレ河にそって陸路を南下し、のこる半数は船団を組んでディジレ河をさかのぼる」

「は……」

「船団の指揮は、ビプロス卿におまかせしたいが、よろしいかな」

そのていどのことはできるだろう、とは口に出さない。ヒルメスの視線を受けて、ビプロスは胸をそらした。

「承知いたした。もとより、すぐにもとって返し、アカシャへ馳《は》せ向かうつもりでござった」

「アカシャ城の危機を救い、ナバタイ人の勢力に鉄鎚《てっつい》を下すことができれば、ビプロス卿の功績は大きい。お父上がめでたく帰還なさった後、ビプロス卿は然《しか》るべき地位に上ることになりそうだな」

ヒルメスは可能性を口にしただけだ。期待に胸をふくらませるのは、ビプロスのかってである。

あわただしく、出陣の準備がはじまった。七日以内に、ヒルメスは国都を出るつもりである。

糧食や軍船の準備などはグーリイにまかせて、ひとまずヒルメスは客将軍府に帰り、孔雀姫フィトナに事情を話して出陣を告げた。

フィトナはかるく柳眉《りゅうび》をひそめた。

「ナバタイが兵を出すような気配は、わたしも感じませんでした。気づいておりましたら、クシャーフルさまにお報《しら》せできましたのに、お役に立てなくて残念です」

「気にすることはない。いかにそなたが聡明でも、すべてを見通すことはできぬ。ナバタイのやつらが、よほど巧妙に事を運んだのだろう」

「それが口惜しゅうございます。思えば、この時期にわたしをミスル国王に献上したのも、油断をさそうためだったのでしょうか」

「ふむ、そうかもしれぬ。まあ例年のこととはいえ、今年はとくにそういう目的があったと見るべきだろうな」

ヒルメスは口もとをゆがめた。ナバタイ側としては、あくまでホサイン三世の旧体制を油断させるために策を用いたのだろう。まさか自分たちのアカシャ攻撃と前後して、ミスル宮廷で変事が生《しょう》じ、ホサイン三世が永遠に地上から消え去ろうとは、想像もしなかったにちがいない。

「おれとて、ナバタイがいまアカシャを攻撃してくるとは思っていなかった。南方国境の平穏は偽《いつわ》りだったと見えるが、すると、ふむ、ナバタイには存外したたかな策士がおるらしいな」

「クシャーフルさま、買いかぶりではございませんの？　ナバタイ人はたしかに勇猛ですけど、謀略に長じているとは思えませぬ。偶然が味方したのではないでしょうか」

「それはいってみればわかること。おれの眼で直接たしかめてやろう」

もともとヒルメスは新任の南方軍都督としてアカシャに赴任するはずだったのだ。ホサイン三世の横死がなければ、いまごろ着々と準備をととのえていたところである。

「クシャーフルさまがご自身で出陣あそばさなくても、まず他の将軍を差し向けて情況をごらんあそばせばいいのでは？」

「それはおれも考えたが、現状では、おれが出陣せざるをえんのだ」

ヒルメス以外のミスル人の将軍が出陣してナバタイ軍に勝利すれば、その名声と地位が高まり、ヒルメスの対抗勢力となるかもしれない。逆にもし敗北すれば、要衝アカシャが陥落し、ナバタイ軍はさらに勢力を増してミスルの大患《たいかん》となるだろう。

どちらにしても、ヒルメスにとっては好ましくない。それに、ヒルメスは一夜にして国都アクミームを掌握したが、ミスル国全土が彼に心服《しんぷく》するにはほど遠い。ここでナバタイ軍を撃ち破り、アカシャの危機を救えば、「南方軍都督クシャーフル」の名は権威をもってミスル国内にとどろくであろう。

「おとめしても無益ですわね。どうぞお出かけあそばせ。吉報を待っております」

「そうだ、待っておれ。長いことではない」

ヒルメスの意欲は、フィトナとてよくわかる。ヒルメスと別れたくないゆえ、異論をとなえていたようなものだ。彼女が了承すれば、ヒルメスが説得に苦労する相手はもういない。

ただちにヒルメスは麾下《きか》の諸将を呼びあつめた。トゥラーン人のブルハーン、バラク、アトゥカ。パルス人のザイード、ラッザーク、フラマンタス、セビュック、アドリス。この八人は、ヒルメスが以前から掌握していた面々であった。

それに加えて、ミスル人が三人。シャカパ、エサルハド、ウニタである。さまざまな理由から、ヒルメスは、ミスル人の軍事能力をあまり高く評価していなかった。だが、ここはミスル人の国である。ミスル人の下級兵士を異国人の将軍が指揮するという事態も、長くつづけば反感を買うし、将来を考えればミスル人の優秀な将軍を育成しておく必要があった。

「ミスル国にとって、南方国境の安定は重大なことだ。おぬしらの奮闘なくしては、アカシャの危機は救えぬ。よろしくたのむぞ」

ミスル語でヒルメスが声をかけると、三人のミスル人は意外そうな表情になった。ヒルメスのミスル語は、とても流暢《りゅうちょう》とはいえないが、いちおう通じたのだ。だいたい地位の高いパルス人は、パルス語しかしゃべらないので、他国人からの評判はよくない。ささやかなことだが、ヒルメスがミスル語を使ったことは、ミスル人たちの好感を得た。

「どうかおまかせを、クシャーフル卿」

ミスル人たちの反応を、ヒルメス以上に鋭く観察していたのはブルハーンであった。もしヒルメスを軽侮《けいぶ》するようすの者がいたら、その者から眼を離さないようにするつもりである。軽侮は裏切りの第一歩であるからだ。だが、当面、ブルハーンが警戒する必要はすくなそうだった。

ヒルメスは宰相グーリイのもとをおとずれて、正式な出兵許可を求めた。グーリイはすでに書面をつくり、手つづきをすませていたので、ただちに新国王の名で勅令を発した。軍費を出してもらうついでに、ヒルメスは、一万枚の金貨をシャガードのもとへ運ばせた。グーリイは首をかしげたが、国庫には余裕があったし、ヒルメスとしては約束したことだったので、アカシャへいく前にかたづけておきたかったのである。

八月十五日、ミスル国の客将軍《アミーン》クシャーフルは次期南方軍都督として国都アクミームを出立した。ひきいる兵は合計一万五千四百。ミスル人、パルス人、トゥラーン人の混成である。

V

客将軍《アミーン》クシャーフルことヒルメスが出陣した後、国都アクミームは空《から》になった。むろん民衆の生活は変わることなく営《いとな》まれ、売ったり買ったり、食べたり飲んだり、恋したり争ったり、逃げたりつかまったりの日々がつづいている。

八歳の新国王をミスルの神々が嘉《よみ》したもうたわけでもあるまいが、八月にはいると海からの風が強まり、涼気が勢力を増して、人だけでなく、駱駝《らくだ》も馬も驢馬《ろば》も羊も、ひと息つくことができた。

宰相グーリイはいそがしい。多くの役人を指揮して、税収を調査し、土地や財産をめぐる人々の争いを調停し、裁判の結果を新国王や王太后に報告する。

新国王は幼少だし、王太后ギルハーネはヴェールをかけた顔をうつむかせて、

「宰相のよろしいように。すべておまかせいたします」

と繰《く》りかえす。グーリイを信頼するというより、実権をにぎる重臣たちと対立して母子ともに殺害されることを恐れているのであった。

もともと穏健なグーリイとしては、あまり恐れられるのは不本意だった。だが、妨害さ

れたりないがしろにされたりするよりは、よいに決まっている。痩《や》せた身体を絹の服につつみ、せかせかした足どりで歩きまわりながら指示を下し、机にすわると山づみの書類を決裁していく。戦場のことは考えないようにして、グーリイは文官としての仕事に専念した。

八月二十日。つまりヒルメスが出陣した五日後のことだ。

グーリイは王宮内のいくつかの部屋を奴隷たちにかたづけさせていた。宮廷書記官長の部屋をこれまで使っていたのだが、仕事が増えれば手狭《てぜま》になるし、宰相となれば格調もほしくなる。「客将軍クシャーフル」と密議する場所もほしい。それで王宮内の一画をまとめて「宰相府」にあてることにしたのであった。

「あの机をここへ、そこに衝立《ついたて》を」

指示しているさなか、何やら騒がしい人声がおこった。金属的なひびきに足音。若い宮廷書記官が色をうしなって駆けつけてきた。

「宰相閣下、謀叛《むほん》でございます！」

おどろいたグーリイの足もとに、矢が飛んできて、石の床にはね返った。グーリイはあわて、抗戦するよう命じておいて、側近の文官たちとともに新国王のもとへ走った。

「ああ、だからクシャーフル卿が出陣するというのを制《と》めたのに……いったい何者が、こんな暴挙《ぼうきょ》に出たのであろう」

宰相グーリイは歎《なげ》いたが、気をとりなおして指示を下した。

「国王陛下と王太后さまを守りまいらせよ。けっして両陛下を謀叛人《むほんにん》の手に渡すでないぞ。後宮へはいれ。門をかたく閉じよ」

おさない新国王サーリフとその母親とは、グーリイの権力の源泉である。否、それにとどまらず、グーリイの生命の盾《たて》でもあった。

グーリイはみずから新国王を抱きあげ、王太后をみちびいて後宮《ハレム》へ駆けこんだ。二重の扉を閉ざし、兵士たちに命じて卓や椅子をつみあげさせ、障壁をきずいた。間一髪で謀叛人たちが扉の前に押しよせたが、にわかに破ることはできず、激しい物音をたてるばかりである。

グーリイは五人ほどの兵士に命じて後宮の裏口から脱出させた。

「クシャーフル卿はまだ引き返せる距離にいるはず。救援を求めよ。いそげ」

グーリイは文官である。書類をあつかえばミスル国内にならぶ者はいないが、実戦で兵を指揮したことはない。軍事に関しては、ヒルメスにたよりきりである。だからこそ、ヒルメスとの間にかたい盟約をむすぶことができたのだ。

新国王はおびえきって王太后にすがりつき、まだ若い母親はわが子を抱きしめて壁ぎわにすわりこんでいる。その周囲を、十数人の女官《にょかん》や宦官《かんがん》がかこんでいた。グーリイをふくめて文官が十人ばかり、兵士は五十人ほど。後宮にたてこもったものの、無事に朝を迎えられるかどうか、おぼつかないかぎりである。

ほぼ同時刻、王宮からすこし離れた場所でも異変が生《しょう》じていた。クシャーフルことヒルメスが不在の客将軍府《アミーンルフ》に一団の武装兵が乱入してきたのだ。わずかな警護の兵士たちは斬り殺され、居室を出てきたフィトナは広間で刀槍《とうそう》に包囲されてしまった。

「そなたは……」

フィトナは絶句した。

彼女の視線の先に、叛乱軍《はんらんぐん》の指揮官がいる。その男の右半面は火傷《やけど》におおわれ、赤黒く焼けただれていた。だが、その男は、フィトナの愛《いと》しい人物ではない。フィトナの視線に、冷笑と欲望の眼光で応《こた》えたのは、つい先日まで、黄金仮面と呼ばれていた男だった。パルス人シャガードである。

「ようやく一対一で逢えたな。あのばかめ。いまごろ息せききってディジレ河をさかのぼっているだろうよ。自分の巣をうしなったことも知らずにな」

ヒルメスはシャガードに金貨一万枚をあたえた。それがシャガードの軍資金となったのである。

マシニッサの死後、彼にゆかりのある者は一掃されたといわれるが、ひとりのこらず殺されたわけではない。国都アクミームの内外で息をひそめている者たちがいた。彼らは機会を待っていた。それは決起《けっき》ではなく、国外へ逃亡する機会だったのだが、シャガードはヒルメスにとっては意外な才腕《さいわん》を発揮して彼らを探し出し、金貨をあたえ、どうせ殺されるなら謀叛に賭けるよう説得したのだ。

決意した、というより、彼らは絶望に駆られたのであろう。わずか数日で、シャガードは二百人の兵をあつめるのに成功した。王宮の中枢部を占拠するには少数の兵でたりることを、シャガードは承知していた。

決起には万全を期したいところだったが、日数をかければ逡巡《しゅんじゅん》する者が出てくる。いったん金貨を受けとりながら、シャガードの陰謀を密告しようとする者が出てきた。シャガードは五人ほどの裏切り者を殺さざるをえなかった。

「もはや一日も待てぬ。ヒルメスが兵を返してきても、その前にアクミームの城門を閉ざしてしまえばよい。新国王の身柄さえおさえれば、こちらの勝ちだ」

こうして、シャガード自身の理想からは五日ほど早く、決起に至ったのだった。

シャガードはフィトナに薄笑いを向けた。

「お前はだいじな人質だ」

「人質をとるのが、よほどお好きとみえますね」

フィトナの皮肉を、シャガードは鼻先で受け流した。

「少人数で勝利をおさめる方途《みち》を知っておるだけさ」

「名将でいらっしゃること」

「そう思うか」

「正々堂々と戦わずして勝利をおさめる方途をご存じだから」

たちまちシャガードの眉間《みけん》に縦皺《たてじわ》がきざみこまれた。強敵の不在に乗《じょう》じて事をおこす。そのやりくちをシャガードは知略と思っているのだが、フィトナの同意を得るのはむずかしいようであった。

「ふん、何とでもいえ。最後に笑うのは、このおれだ」

「そなたの笑声など、三日とつづかぬ。クシャーフルさまがお還りあそばすまでのこと。せいぜい短い春を楽しむがよい」

「クシャーフル？」

シャガードは笑った。最初は低く、つぎに高く、いかにもわざとらしく。

「何がおかしいの」

「あの男はクシャーフルではない」

孔雀姫フィトナは、あきれたようにシャガードを見つめた。

「意外におもしろいことをいう男だこと。あの御方がクシャーフルさまでなければ、いったい誰？」

「いいなおそう。あの男の名はクシャーフルではない。あの男は名前をいつわって、お前をだましたのだ。そういう不実《ふじつ》な男なのだ」

シャガードの声が熱をおびる。フィトナはその熱に染まらなかった。

「で、あの方の本名は？」

「知りたいか」

シャガードの両眼が脂《あぶら》っぽく光るのを、フィトナは不快げに見やった。

「べつに知りたくはない」

「強がりをいうな」

「強がりと思うなら、思っていればいい。わたしにとって、あの方はクシャーフルさま。たとえ名が変わっても、内実が変わるわけではないのだから」

「本名を知らせないのは、あの男がお前を愛しておらぬからだ」

「くだらないことを」

冷然と、フィトナは切ってすてた。

「そなたは、あの方とわたしとの間に、楔《くさび》を打ちこみたいのだろう。よこしまな欲望に汚れた楔を。だけどそのようなもの、何の力もない。クシャーフルさまの本名をまことに知っているというなら、いってごらん」

これ以上、隠しても意味がないということを、シャガードはさとった。

「あの男の本名は、ヒルメスというのだ」

「ヒルメス？」

「そうだ。これでおれの正しさがわかったろう。おとなしく待っていろ。明朝までにもう一度、迎えに来る」

ぎらつく眼でフィトナを見やると、シャガードは踵《きびす》を返した。

「あの御方の名はヒルメスさま」

つぶやいて、フィトナは微笑した。

「気に入ったわ。クシャーフルより、ずっといい」

VI

微笑を消すと、フィトナは窓から外を見た。五、六騎の兵をしたがえたシャガードが王宮の方角へ走り去る姿が見える。門扉《もんぴ》が閉ざされ、十人ほどの兵士がその前をかためたようであった。

「ヌンガノ、おいで」

フィトナの声に応じて、帳《とばり》の蔭《かげ》から黒人宦官が姿をあらわした。手に樫《かし》の棒をにぎっているが、手が慄えている。武芸には自信がないのだ。それでもいざとなれば女主人を守るため闘おうとしていたのである。

フィトナは微笑して、忠実な宦官の健気《けなげ》さをほめ、声をひそめて、いくつかの指示をあたえた。

「よろしいのですか、孔雀姫《ターヴース》さま」

黒人宦官ヌンガノが目をみはってささやくと、フィトナは落ちつきはらってうなずいた。

「案じることはない。あのシャガードという男、多少の才気はあるけど、器は小さい。あの男の手におえないほど事態を拡大させてやれば、かならず自滅するわ」

「お考えは正しいと存じますが、自滅する前に、あなたさまに危害を加えるようなことになりましては……」

フィトナは頭《かぶり》を振った。

「かさねていうけど、案じることはない。あの男に危害を加えられるようでは、わたしの運もたかが知れている。国権を強奪しようという大事業のさなかに、女のもとへ足を運んで自分を売りこもうというのだもの。事の軽重《けいちょう》をわきまえぬにも、ほどがある」

「孔雀姫《ターヴース》さま、お怒りにならないでくださいませ。もしや、あの男、孔雀姫《ターヴース》さまを手に入れんがため、だいそれた挙《きょ》に出たのではございませんか」

フィトナは怒らなかった。大声こそあげなかったが、強く笑った。

「だとしたら、さっさとわたしを拐《さら》って、砂漠へでも海へでも逃げればよい。何もかも手に入れようとする。片手で持てるていどの器に、ディジレ河の水をすべてそそぎこもうとする。あれもこれもほしがって、結局すべてをうしなってしまう。そんなつまらない男が何をたくらもうと、わたしの知ったことではないわ」

「では、万事おおせのように。ただ、門をかためられておりますので、出るには闇に乗じて塀を乗りこえねばなりませぬ」

フィトナは笑ったが、今度は少女っぽい笑いだった。

「それはわたしの得意技だよ。ヌンガノに見せてあげよう」

そのような会話がかわされたとも知らず、シャガードは王宮へ駆けもどって、後宮を攻撃する指揮をとっていた。扉に斧《おの》や大槌《おおづち》の打撃をあびせ、厚い板に裂け目ができると手で引きはがそうとする。

扉全体が破壊されようとする寸前、シャガードは、あわてて駆けつけた部下に報告を受けた。

同時に、風に運ばれてきた煙が、シャガードをせきこませた。王宮の一角に、火の手があがったというのだ。すでに夜。煙の向こうに赤く黄色く炎がちらつく。

「ええい、命令もないのに火を放つとは、どのあわて者だ」

シャガードは声を張りあげた。新国王や宰相らをおどかすために、火を放つとはいったが、まだ実行する気はなかったのだ。火勢が強くなりすぎたとき、シャガードの手兵《しゅへい》だけでは消火できない。

「お前たち、火元を確認して火を消せ。残った者はさっさと後宮の扉を破るのだ。ぐずぐずするな」

「それが火元は一ヵ所ではないようでございます。いかがいたしましょう」

「三十人ほど差し向けろ。どうせ王宮に強兵など残っておらん。こちらには五十人もいればよい。さっさとせんか」

きびきびと命令しているようだが、もともとすくない兵力を分散させてしまったので、シャガードの身辺は手薄になった。後宮の扉も破れず、火も消せず、王宮を警備する兵も全滅させることができない、という情況に落ちこんだのだ。

煙のなかで怒号するシャガードの姿をうかがって、冷笑した者がいる。軽装の若い女で、黒人がその横にひかえていたが、シャガードは彼女たちに気づく余裕などなかった。

不意に悲鳴があがった。シャガードの視線の先で、煙が流れ、赤いものが飛び散る。炎ではなかった。飛散したのは人血であった。武装した一団が王宮に乱入し、シャガードの手兵たちと斬りあいをはじめたのだ。

シャガードの見ている前で、謀叛軍の兵士が四、五人、ろくに反撃もできずに斬り倒された。ただひとりの男が、楽々と、武装した兵士を斬りすてたのだ。

「やれやれ、シャガードよ、きさまも気の短い男だな」

血ぬれた剣を手に男が歩み寄ってくる。明快なパルス語をしゃべり、火傷をおった顔に冷笑を浮かべて。

「兵力を集中させて、まず後宮の扉を破るべきだったのだ。新国王をとらえる。それさえ果たしておけば、きさまは成功した。火事や警備兵の抵抗など放っておけばよいものを」

「ヒルメス……」

殿下、とつづけそうになって、シャガードは敵に対する敬称をあやうくのみこんだ。たばかられた。してやられた。

ヒルメスの顔を見た瞬間、シャガードはさとったのだ。自分が相手のさそいに乗せられたのだ、ということを。

煙をすかして柱の蔭から見守っていた女が、おどろきと喜びの声をあげた。

「まあ、クシャーフルさま、いえ、ヒルメスさま、何と素早い」

王宮の各処に火を放ったのはその女、すなわちフィトナであった。もちろんシャガードを妨害するためだが、ほとんど時をおかずにヒルメスが駆けつけてくるとまでは思わなかったのだ。

「おれが留守にすれば、身のほど知らずの叛徒《はんと》どもが決起してアクミームを占拠しようとたくらむだろう。そう思って、わざと、あわただしく出陣したのだ」

ヒルメスは半日にしてミスルの国権を強奪した。おなじことが自分にもできる。そう思いこむ者がいる、と、ヒルメスは読んだのだ。

「誰が主謀者になるか、そこまではおれも読めなかったが、シャガード、きさまとはな」

ヒルメスはさらに一歩、距離をせばめた。

「徒手空拳《としゅくうけん》から、数日の間に、決起にまで持ってきたのは、なかなかの手腕。ほめてやる。だが、徒手空拳からのしあがる男は、ミスル国にひとりでたくさんだ」

「………」

「どうした、剣を抜かんのか、シャガード。抜かなくても、おれはきさまを斬るぞ」

蒼白な顔で剣を抜きながら、シャガードはうめいた。

「……ナルサス！」

ヒルメスは思わず眉をしかめた。この期《ご》におよんで、ナルサスの名を口にするシャガードの心理を解しかねたのだ。いかにナルサスが怨敵《おんてき》とはいえ、いまあのへぼ画家は関係ないであろうに。

ヒルメスは知らなかった。かつてシャガードがパルスの港市ギランでナルサスの策にはまったことを。ナルサスをふくむ王太子アルスラーンの一党は、海賊の遺宝を探すと称してギランを留守にした。その間に、シャガードは海賊とむすんでギランを占拠しようとした。ナルサスの罠とも知らず。

今回、ヒルメスは、ミスル国都アクミームをわざと留守にすることで不満分子の決起をさそい、兵を返して一挙に制圧した。かつてナルサスに謀《はか》られたシャガードは、ほとんど同じ策によってヒルメスにたばかられたのだ。それを覚《さと》ったとき、シャガードの口から屈辱と怨念のうめき声が洩れたのである。

「……ナルサス！」と。

そこまでは、ヒルメスも洞察できない。ナルサスに対するシャガードの怨念をあらためて思い知り、おぞましさをおぼえただけである。いずれにしても、シャガードを誅殺《ちゆうさつ》する機会は、シャガード本人によってもたらされた。

「パルス人として、おれに斬られることを名誉に思え」

「ま、待て」

「待てぬ！」

ヒルメスの剣がうなりをあげた。

火花が飛散して、シャガードは、頸部への斬撃をかろうじてはね返した。「待て」と叫びはしたが、ヒルメスが待つはずがないことはわかっている。はね返すと同時に剣を突き出した。それを今度はヒルメスがはじき返す。

五合、十合と刃鳴りが谺《こだま》し、薄い煙を火花が縫う。

少年のころは、遠縁のナルサスと、どちらが知勇両面ですぐれているか、周囲の人々もにわかに判断を下しかねたものだ。シャガードが決死の勇をふるえば、ヒルメスといえども、簡単に斬りすてることはできない。執拗《しつよう》に闘いつづければ、ヒルメスをあせらせることも不可能ではなかったであろう。

だが、シャガードは生命をすてて闘うことができなかった。フィトナが見れば、「何もかもほしがって、結局すべてをうしなう男」ということになるのだが、シャガードはこんなところで死にたくなかった。

一瞬の隙に、シャガードは身をひるがえした。前のめりの姿勢で疾走する。

逃げたとしか見えない。だが、シャガード本人はそう思わなかった。めざしたのは後宮の門だ。破壊された扉から後宮の内部へ飛びこみ、新国王を人質にすれば、まだ勝算はある。

後宮の門前では、敵味方が入りみだれ、煙のなかに血と怒号が飛びかっている。謀叛軍の兵士たちは意外に強く、トゥラーン人アトゥカのひきいるミスル兵たちが斬りたてられてひるみ、何人かが逃げ腰になった。

Ⅶ

「きさまら、戦わずして禄《ろく》を喰《は》む気か！」

激怒したアトゥカが直刀をひらめかせた。

血煙をあげて、逃げようとしたミスル兵ふたりが地にころがる。他のミスル兵たちが立ちすくむのを、アトゥカは猛々《たけだけ》しくにらみまわした。

「おれに斬り殺されたくなかったら、敵と闘え！」

トゥラーン語であっても、ミスル兵たちに通じた。ミスル兵たちは叫び声をあげ、刀や槍をにぎりなおして突進した。謀叛軍の兵士もミスル人だ。ミスル人どうしが刀で斬りあい、槍先と盾を激しくぶつけあう。

「きさまら、ミスル人のくせに外国人の指図《さしず》を受けて同胞を殺すのか！」

「みんな、投降しても殺されるだけだぞ。闘って血路を開け！」

そう叫ぶ者がいて、謀叛軍の兵士たちは叫喚をあげ、絶望的な怒りをかきたてて抵抗をつづけた。

戦闘の凄惨《せいさん》さは、敵味方の予想をこえるものになった。右腕を斬り落とされた兵士が、刀を持ったままの右腕を左手でつかんで振りまわす光景すら見られた。その背中に、容赦なく槍が突き刺さり、赤黒い泥濘《でいねい》の中に生者と死者がもつれあって倒れこむ。

だが、長くはつづかなかった。闘いぶりが互角でも、多勢に無勢である。謀叛軍の総数は二百人ほど。分散して消火などにあたっていた者たちは逃げ散り、ヒルメスの部隊と闘ったのは百人ていどであった。つぎつぎと斬り倒され、討ちとられて、後宮の門前には死体がつみかさなった。やがて謀叛軍の兵士は全員が屍《しかばね》と化したが、なお流血はつづいていた。ただひとりの生きのこりが、重囲《じゅうい》のなかで敵と斬りむすんでいるのだ。

シャガードは追いつめられ、本来の武勇をふるっていた。ミスル兵が突き出す槍をかわしざま、一閃で柄《え》を断ち、つぎの一閃で胴をなぎはらう。右に突き、左に斬りおろす。全身に返り血をあび、すでに十数人を死傷させて、まだ後宮へ逃げこむのをあきらめない。ゆっくり歩んできたヒルメスが舌打ちの音をたてた。

「あれほど闘えるのなら、最初から出し惜しみせねばよいものを」

いいながらヒルメスが前に出ようとする。それを制したのはアドリスであった。パルス兵を指揮する五人の大隊長のひとりである。

「クシャーフル卿、ここはぜひそれがしにおまかせを」

両手使いの大剣をかざして躍り出たので、ヒルメスはひかえた。部下に功を樹《た》てさせるのも、上官の務《つと》めである。

あらたな剣の餌食《えじき》を、血煙の下に撃ちたおしたシャガードが、アドリスの姿に気づいた。向きなおる。猛然とアドリスが馳《は》せ寄った。大剣が風をおこす。シャガードは受けとめようとせず、身体を半回転させてかわした。振りおろされた大剣が空を斬る。ふたたび振りあげられる一瞬の間隙《かんげき》に、シャガードの剣がアドリスの顎《あご》の下を、水平に切り裂いていた。

こわれた笛を吹き鳴らすような音がして、黒ずんだ血が横に飛ぶ。パルス人に斬られたパルス人は、無念の形相《ぎょうそう》で倒れこみ、甲冑のひびきで床を鳴動《めいどう》させた。

周囲でおどろきと動揺の声がおこる。シャガードは、かわいた唇を舌先でなめた。見たか、これがおれの実力だ、といいたげである。

「アドリスを討ちとるていどの技倆《うでまえ》はあったか。これでアドリスぐらい身のほどをわきまえていればな」

ヒルメスはシャガードに苦《にが》い眼光を向けた。だいじな部下をこんなやつに殺されるとは。悔いてもすでにおそい。おとなしく退場しろ」

「まったく、将軍の称号と一生を安楽にくらせるていどの財宝はくれてやったものを。

最初の手合《てあわ》せでは斃《たお》しそこねたが、すでにヒルメスはシャガードの技倆を見切っている。ためらいもなく二歩踏みこみ、三歩めにすさまじい斬撃を繰り出した。

胴を両断される寸前、シャガードは手首をひるがえし、かろうじて刃《やいば》で刃を受けとめた。と思った瞬間、シャガードの剣はヒルメスの剣にからめ取られている。

ヒルメスはシャガードの剣を床にたたき落とし、刀身を足で踏みつけた。その乱暴なひびきは、まさにシャガードへの弔鐘《ちょうしょう》かと思えたのだが、彼はなお、おとなしく斬られはしなかった。

「ひッ」と短い悲鳴をあげて身をひるがえし、よろめいて二、三歩小走りになる。壁にぶつかる。あがくように手を伸ばすと、壁面の松明《たいまつ》をつかんだ。

燃えさかる松明を、夢中で振りまわす。

まさにシャガードの頸部めがけてたたきこまれようとしていた剣が、軌道を乱した。火の粉が舞ってヒルメスの顔にかかる。

ヒルメスはのけぞった。かろうじて悲鳴をこらえたが、両眼に恐怖の黒い光が奔《はし》った。床を鳴らして後退する足どりも、炎を払いのけようとする左手の動きも、尋常《ただごと》ではなかった。

「ほう、ヒルメス殿下は火を恐れなさるか」

シャガードは歯をむき出した。一瞬にして優位に立ったことを、彼は確信した。

ヒルメスは声も出ない。

炎に顔を焼かれた点では、シャガードもヒルメスと同様である。だが、四方八方から炎に包みこまれ、灼熱《しゃくねつ》した死にのみこまれかけたわけではない。それがヒルメスとの差だった。

「そら、どうだ、こわいか、怖いか」

優位に立った瞬間から、かさにかかるのがシャガードの性癖である。ヒルメスに嘲弄《ちょうろう》をあびせながら、燃えさかる松明を突きつけた。

ヒルメスは大きく一歩後退した。錯乱しそうになりつつ、かろうじて踏みとどまる。彼の視界に映ったのは、早くも勝ち誇ったシャガードの顔。そして彼の背後に忍びよる人影だった。フィトナだ。花瓶から花をすて、水だけはいったそれを振りかざす。

シャガードが狼狽《ろうばい》の声をあげた。頭から肩、腕にかけて冷たいものが降りそそぎ、松明の火が消えた。背後から水をあびせられたのだ。

「ヒルメスさま、いまです!」

フィトナが叫んだとき、すでにヒルメスは床を蹴っている。

振りかざされた長剣は、血を渇望するうなりをあげながら、シャガードにおそいかかった。

シャガードは、消えた松明を投げすてた。白手《すで》になった彼には、闘う術《すべ》がない。闘う意欲も、火とともに消えた。彼は身をひるがえし、逃げようとした。フィトナが叫んだ。

「卑怯者!」

「おれは卑怯者ではない。おれはこんなところで死ぬべき人間ではない。おれはもっと重要な人間なのだ……!」

悲痛な抗弁《こうべん》は、だが、声にはならなかった。ヒルメスの剣は、シャガードの肩の上を、右から左へ通過した。彼の首は血の噴水にのって宙を飛び、胴は床にころがった。

才気はありながら、ついにそれを正しく活《い》かすことなく生涯を終えた男の死体に、フィトナはひややかな視線と声を投げつけた。

「ヒルメスさまのお言葉どおり。身のほどを知って、おとなしくしていれば、何不自由ない余生が送れたものを……あわれというには、あまりにも愚か」

「おもしろくないな。へぼ画家のために、毒蛇のような仇敵をかたづけてやるとは」

ようやく声を出してつぶやいたヒルメスは、呼吸をととのえると、おもだった部下たちに命じた。

「こやつの首を城門にさらし、死体は野に棄《す》てよ。後宮の門をあけ、国王陛下や宰相閣下をご救出申しあげるのだ」

さらに、殺されたアドリスの遺体を鄭重に葬るよう命じてから、フィトナに歩み寄った。

「そなたのおかげで助かったぞ」

「あなたさまが早くお帰りになって、わたしたちこそ助かりました」

「ま、これで後顧《こうこ》の憂いなく、アカシャへいけるというものだ」

「まあ、あくまでもアカシャへご出征なさるのですか」

「いくさ。アカシャの情況はまったく変わっておらぬ。というより、悪化しているだろうな。放ってはおけぬのだ。ところで、王宮に火を放って、やつらを混乱させたのはお前か」

「はい、あなたさまがお帰りと知っていれば、よけいなことはいたしませんでした」

「それはいいが、先ほど、おれをヒルメスと呼んだな」

「はい」

「その名を、シャガードから聴いたのか」

ヒルメスの眼光が冷厳さをおびる。無言でフィトナがうなずき、ヒルメスをまっすぐ見つめた。

「隠しておくつもりもなかったのだがな。いいそびれていたのだ。悪く思うな。いずれ公表せねばならんとは思うが」

ヒルメスがいうと、フィトナはあでやかに微笑《ほほえ》んで両腕を伸ばした。かつて銀の腕環をはめていた痕《あと》が左腕に薄白くのこっている。ヒルメスの両肩に腕を置いて、孔雀姫は顔を近づけた。

「いえ、公表などなさらないで」

熱く甘くささやく。

「あなたさまのご本名を呼べるのは、この国でわたしだけ。それがフィトナにとって最高のごほうび。どうかこの特権をとりあげないでくださいまし」

八月二十日の、すでに夜のことであった。

第三章　雨の来訪者

I

パルス内陸中央部の街ソレイマニエは、大陸公路の要衝である。東西南北から旅人が流れこみ、とどまり、立ち去っていく。ふたたび帰って来る者もあり、幾度もくりかえし立ち寄る者もあり、二度と帰らない者もいる。住民の数は一万五千人ていどのものだが、宿に泊まる者が、一夜に千人を下らない。旅人を相手にした商売がさかんで、金銭さえあれば旅に必要なものは何でもそろうといわれている。

「獣医さん、ちょっと驢馬《ろば》の体調《ぐあい》が悪いので、診《み》てもらえませんか」

「あいにくだね、わたしは駱駝《らくだ》の病気しか診ないんだ。驢馬は専門外だよ。三軒先の医院にいっておくれ」

ソレイマニエでは、このような商売が成り立つのだった。羊の肉だけを売る肉屋もあるし、馬の秣《まぐさ》だけをあつかう店もある。「酒の種類は三百種」と豪語する酒場に、肉をいっさい使わない料理屋。宿にしても、絹張りの天蓋《てんがい》つき黒檀《こくたん》づくりの寝台をそなえた豪華な宿から、床に布を敷いてごろ寝するだけの安宿まで、各種そろっているのだ。

七月二十六日、この地方にはめずらしい雨の日であったが、奇妙な一行が北からソレイマニエの街へやって来た。

奇妙な旅人というのは、ソレイマニエではべつに珍しくない。異国人でさえ一年間に何千人も通りすぎていく。この一行は病人か負傷者《けがにん》を馬車に乗せ、槍を持った十人たらずの兵士に守られていた。

「公用だ。王宮にだいじな用があって、エクバターナへいくんだ。我々の通行をさまたげる者には、国王陛下のおとがめがあるぞ！」

胸をそらせるというより腹を突き出して、若い小男がどなりちらしている。

ソレイマニエの官衙《ディーワーン》には、旅人からさまざまな苦情や請願《せいがん》が持ちこまれる。軍隊や王宮の高官もやってくるから、尊大《そんだい》な訪客もめずらしくはない。ただ、高官などは美々《びび》しく飾りたてた行列でやってくるものだが、彼らはそうでもなかった。むしろ質素な一行で、代表者と称する若い男の態度だけがやたらと大きいのである。

「このていどの雨で道が通れなくなるとは、役人どもの管理がなっとらん。王都に着いたら、伯父上《おじうえ》に報告するからな」

「伯父とは誰のことかね」

「聞いておどろくな。国王陛下のご信任もあつい宰相ルーシャン閣下だ」

「そうかいそうかい」

「こら、聞いておどろかんのか」

「いや、おどろいてるが、あんた本人は何というのかね」

「カーセムだ、カーセム」

「それじゃ、カーセムさん、ここにいるのはおれたちみたいな下っぱだから、なかなか埒《らち》があかんよ。午後になったら隣りの建物にもうすこしえらい人が来るから出なおしてくれ」

中年の役人にかるくあしらわれて、カーセムはしぶしぶ引きさがる。彼に同行していた若い女が苦言した。

「すこし腰を低くしたらどうだい。いばっても反感を買うだけだろ」

「いや、すこしいばってみせたほうがいいんだ。おとなしく黙っていたら、後回しにされて待たされるだけだからな。これで午後、一番に上役と面談できるというわけさ」

「へへえ、さすが小役人だけあって、考えることがあたしらとちがうね」

「小役人とは何だ。十年後、吾輩《わがはい》がどんなに出世してるか、見ておどろくな」

彼らは北方の「紅い僧院《ルージ・キリセ》」という町からやって来たのだ。さらにいえば、四人のうち三人はダルバンド内海をこえてマルヤム国からやって来た。女騎士《セノーラ》の称号を持つエステル・デ・ラ・ファーノ、パルスでは、「白鬼《パラフーダ》」と呼ばれていた騎士ドン・リカルド、パルス生まれで諸国を流浪していたパリザード。カーセムとやりあっているのは、まだ二十歳にもならないのに、口も達者で生活力のあるパルス娘パリザードである。

午後になると、カーセムは、午前中よりさらにそっくりかえって官衙《ディーワーン》にあらわれた。先ほどの役人の上司らしい男が不審そうに対応する。彼に対してもカーセムの態度は横柄《おうへい》だった。

「わが名はカーセム。知っておるか」

「知らん」

「わが伯父はルーシャンと申して、現に国王陛下の宰相をつとめておる。わかったらさっさと対処しろ」

ルーシャンの名を出されておそれいるかと思いきや、上司はそっけなく問いかけた。

「証拠は？」

「しょ、証拠？」

「みだりに宰相のお名前を出して特別待遇を要求するなど、うさんくさいやつだ。詐欺師《さぎし》だとしたら、ただじゃすまんぞ」

怒りのあまり舌が動かなくなったので、カーセムは三回ほど深呼吸し、紅い僧院《ルージ・キリセ》から同行してきた兵士に命じた。

「おい、あれを出せ、あれを」

兵士が木箱を差し出す。受けとったカーセムは、その重さにすこしよろめきながら卓上に置いた。箱にかけられていた紐《ひも》を解き、蓋《ふた》をとる。うながされてのぞきこんだ上司は、蜜蠟《みつろう》に漬《つ》けられた人間の首を確認して眉をひそめた。蜜蠟でかためられているので悪臭はしないが、見て気持ちのよいものではない。

「この首は？」

「チュルクの名だたる武将のものだ。とくと見ろ」

「名だたる武将とは誰のことだ」

「ええと、それはだな……」

カーセムは、答えられなかった。首の主《ぬし》はシングといい、生前はたしかにチュルクの名だたる武将だったのだが、カーセムはその名を知らない。

シングはパルス国内に潜入して情況をさぐっていたのだが、不運な死をとげた。それが原因でシングの家族がチュルク国内で悲惨な境遇におちいったのだが、それまたカーセムが知る由《よし》もないことである。

思うような反応が得られないので、カーセムはあせった。

「と、とにかく名だたる武将であることはまちがいないって。いや、その強剛《きょうごう》ぶりときたら、おそるべきもので……」

「その強剛が、どうしてこんなあわれな姿になったのだ」

「それはまあ、武運つたなくというか、いや、人の運命とはわからないもので」

ほんとうに詐欺師めいた口ぶりになってしまう。

「ルシ……いや、マルヤムから来た者が証人だ。必要なら彼らにも尋《き》いてみてくれ」

エステルとドン・リカルドはルシタニア人だが、パルス国においてルシタニア人の評判はきわめて悪い。つい四、五年前、大挙してパルスに侵攻し、殺戮《さつりく》と掠奪《りゃくだつ》のかぎりをつくしたのだから、憎まれるのは当然のことである。現在の国王《シャーオ》アルスラーンによってルシタニア軍が一掃され、平和と繁栄は回復された。だが、眼の前にルシタニア人が姿を見せれば、怨《うら》みや怒りもよみがえる。正直にルシタニア人と名乗れば、エステルもドン・リカルドも無事にはすまない。

したがって、エステルとドン・リカルドは「マルヤムから来た」と称している。そのこと自体は嘘《うそ》ではない。ふたりともマルヤム語はしゃべれないから、マルヤム人に出くわしたりするとまずいことになる。だが、ささやかな幸運というものか、まだそのような事態になったことはない。

カーセムがなお話をつづけようとすると、上司は片手をあげてさえぎった。

「話はわかったが、雨が降るのをやめさせるような権限は、私にはないのでな。あきらめて宿へ帰ってくれ。この街にいる間は、できるだけ便宜《べんぎ》は図《はか》るから、何かあったら私の名を使ってかまわんが、まあ、あんまり面倒はかけてほしくないな」

「しかしだな、いそいでいるんだ、吾輩《わがはい》たちは」

「それは誰でもおなじだ。いまでも人と馬は通れる。車だけが通れんのだから、徒歩か馬でいったらどうだ」

「そうはいかん、重病人がいるのでな」

「だったら気の毒だが、車が通れるようになるまで待て」

これ以上は交渉の余地もなさそうだった。いやいやながらカーセムはうなずいた。

「わかった。で、あんたの名は？」

「ファラクル」

「そうか、それじゃファラクル、必要なときにはあんたの名を使わせてもらうが、そう迷惑そうにせんことだ。吾輩が王宮で栄達したら、あんたにも、何かといい目を見せてやるからな」

「あてにしてるよ」

誠意のない口調でいうと、ファラクルは書類に視線を落とした。不平満々で、カーセムは官衙を出て、雨のなかを宿へと帰った。

八月にはいっても雨はやまない。

宿では、右脚を負傷したエステルが寝台に横たわったまま、パリザードの世話を受けている。扉をたたいてドン・リカルドが顔を出した。

「エステル卿、どうだ、痛むか」

蒼白《あおじろ》い顔のなかで、頬だけが熱っぽく薄赤い。その顔をかるく横に振って、それでもエステルは微笑をつくった。

「いま痛みはおさまってる」

「それはまあ、せめてものことだが」

それ以上、いうべき言葉もなくドン・リカルドが扉口《とぐち》に立っていると、洗濯物の籃《かご》をかかえてパリザードが立ちあがった。

「この雨で湿気が多くなるのがこまるねえ。こんな天候、ちょっと記憶にないよ。十日以上も雨がつづくなんて」

湿気が多いと傷口も乾かないし、包帯も湿るし、洗った包帯もなかなか乾かない。

「ドン・リカルド、ちょっとてつだって」

「うん、何をすればいい？」

パリザードはずっとエステルにつきそっているが、ドン・リカルドは居場所がない。医師でもない彼は、エステルに神の加護があるよう祈るしかなかった。パリザードに「水を持ってきて」といわれれば水を運び、「外を見張っていて」といわれれば窓の外に立つ。役人や商人との交渉はカーセムにゆだねてあるから、ドン・リカルドの出る幕もない。

パルス人たちの下働きをしているような気もするが、べつに不満はない。何もしないでいると、エステルの傷のことやら天候のことやら、彼がどうしようもないことばかり考えてしまう。すこしでも身体を動かしていたほうがいいのだ。というわけで、ドン・リカルドは夏だというのに炉の火をおこし、パリザードが洗った包帯や病衣や敷布《ソフレ》を火にかざしては乾かして一日を送っている。

II

「パルスは豊かな国だな」

つくづくドン・リカルドはそう思う。祖国ルシタニアと比較してのことだ。街道の左右には葡萄《ぶどう》やオレンジの木々がつらなり、張りめぐらされた水路には澄みきった水があふれる。貧富の差はあるにしても、貧しい人々が一日の労働の後、家族で芸人《ルーティー》たちの妙技を娯《たの》しみながら腹いっぱい食べるぐらいのことはできる。ルシタニアとはえらい違いだ。

「大挙してパルスに侵攻し、あげくは無謀と不正義のかぎりをつくして敗亡《はいぼう》した蛮人」

というのが、パルス国の歴史とパルス人の記憶にのこるルシタニア人の姿であった。たしかにそのとおりなのだが、パルスの豊沃《ほうよく》さにあこがれたルシタニア人の心情も、ドン・リカルドにはよくわかる。他者の富をうらやみ、それを力ずくで強奪しようとまでしたルシタニア人たちは、力を費《つか》いはたし、自分たちの国王すらうしない、分裂と混乱の暗黒時代を迎えつつあった。まだ力をのこしているルシタニア人もいるが、彼らはマルヤム王国に居すわって、他人の土地で、新天地建設の幻想を満足させているようだ。

「うまくいけば結構《けっこう》なことだが、ギスカール公もこりないお人だ。おれなんかには、とてもついていけんな」

ルシタニアの王弟であったギスカールを新マルヤム王国の初代国王と呼ぶのは、ドン・リカルドにはむずかしいことだった。自分が無実の罪でマルヤムから逃亡するはめになったので、私憤もある。だが、ルシタニアの民をパルス侵攻へと駆りたてたギスカールは、結局ルシタニアを見すてたのだ。すこしでも責任を感じるなら、ルシタニアへ帰国して、混乱と分裂から民を救うべきではないのか。ギスカールに対して好感を抱きようもないドン・リカルドであった。このような心情を彼と共有できるのはエステルだけだが、重傷で苦しんでいる女性を相手に、そんな話ができるものではない。

不意に身体が揺れた。おどろいて床を踏みしめると、揺れているのは床であることがわかった。扉が開き、頭から雨衣《うい》をかぶったカーセムが飛びこんできたときには、小さな地震はもうおさまっている。

「パルスはこうも地震の多い国だったかな」

「本来そうでもないが、このところ多いようだ。雨雲も地面も、まったくろくでもない」

カーセムは舌打ちし、椅子に乱暴に腰をおろした。ふてくされた表情で、両足を卓上にのせる。

「どうした、機嫌がよくないな」

「悪くもなる」

カーセムは頬をふくらませた。

「出費がかさむ一方だ。雨で足どめされるなんて、想定していなかったからな。宿代もかかれば食費もかかる」

「けちけちするな。王都に着けば、おぬしの国王《シャーオ》が気前よく報賞をくださるさ」

「そんなこと、だれがいった」

うなり声をあげるカーセムの鼻先に、ドン・リカルドは指を突きつけてみせた。カーセムはむなしく口を開閉させる。王都に到着し、国王陛下からおほめの言葉をいただいた後どうなるか、ルシタニア人たちに対して薔薇色《ばらいろ》の夢を描いてみせたのは、カーセム本人なのであった。

彼は鼻を鳴らし、話題を変えた。

「まったく、いつチュルクの穴熊がやってくるかもしれんのに、こんなところで悠長《ゆうちよう》なことはしておれん」

「穴熊とは、何のことだ」

ドン・リカルドが脳裏にそなえているパルス語の辞書には「穴熊」という語彙《ごい》はない。

「穴熊とは獣の名だが、この場合はチュルク国王のことだ」

「そうか」

短くうなずいて、ドン・リカルドはまだ湿り気のぬけない敷布《ソフレ》を炉の火にかざした。

白髪ではあっても老人ではない壮健な男が、まじめくさって洗濯物を炉の火にかざしている姿は、なかなか観物《みもの》であったかもしれない。当人の胸中《きようちゆう》ではさまざまに想いがめぐっている。

「おれもこれから将来《さき》、どこでどうなるやら知れたものじゃないな。ま、ルシタニアのど田舎《いなか》で朽《く》ちはてようと、パルスの荒野で窮死《のたれじに》しようと、たいしてちがいはないが」

敷布から白い湿気の霧が立ちのぼり、ドン・リカルドは洗濯物を裏返しにした。

「蛇王ザッハーク、だったかな」

小首をかしげて記憶をたどる。

白い髪は光の加減で銀色にも灰色にも見えるが、いずれにしても老人のものだ。ドン・リカルドはまだ三十代半ばだが、一夜にして髪が白くなった。想像もしない怪異な光景に接し、ようやく地上へ這《は》い出したとき、彼は髪の色と記憶とをうしなっていた。

それほどドン・リカルドは深甚《しんじん》な恐怖を味わったのだが、年をへて記憶を回復した後には、その恐怖に不快感が加わった。いつどこで誰と闘おうと、一対一であるかぎり相手に背を向けたことはない。だがあのときは、恐怖の叫びをあげ、夢中で逃げ走ってしまった。そのことが何とも悔《く》やしく、はずかしく、いまいましい。

「このモヤモヤと一生つきあうのが嫌《いや》なら、ザッハークとやらと決着をつけるしかないのかなあ」

パルス人ではないからこそ、いえる台詞《せりふ》であったろう。悪くいえば、無知からくる思いあがり。だが、「二度と逃げるものか」という決意のあらわれでもある。とはいえ、ふたたび蛇王と対面するような機会があるかどうか、測り知れないことであった。

パリザードが深皿に木の匙《さじ》をそえ、エステルの病室へ入ろうとして、ドン・リカルドのほうを見やった。ついてきてよろしい、という象《しるし》なので、ドン・リカルドはかわいた洗濯物を籃に放りこんで立ちあがった。

「さあ、エステル卿、これをお飲みよ。甘くて胃にもやさしいからね」

それは何か、と無言で問いかけるエステルの視線に、パリザードは明るく答えた。

「ハルボゼ《メロン》の汁をしぼったやつだよ。これを飲んで胃を慣らしたら、つぎは玉子と蜂蜜をいれたお粥《かゆ》をつくるからね。栄養をつけて、すこしはお肥《ふと》りよ。いまのあんたは痩《や》せすぎだ」

「どうかあんまり世話しないでくれ。手数をかけて、こころぐるしいから……」

「何をいってるんだ」

パリザードについてきたドン・リカルドが、声に力をこめた。

「エステル卿、あんたは多くの人を守ってきた。記憶をうしなっていたおれを含めて。今度はあんたが守られる番になったというだけのことだ。大いばりで守られていろ」

「そうだよ。順番ってやつさ。一日も早く、あんたに快癒《よくな》ってもらって、つぎはあたしがハルボゼの汁を飲ませてもらうからね」

「……ありがとう」

「御礼なんかいわなくていいよ。あんたとはまだ長い交際《つきあい》じゃないけど、姉妹みたいな気がするのさ。あたしに親族《みより》なんてないけどね」

やさしくパリザードは匙を使い、エステルが飲み終えると、手巾《ハンカチ》で口もとをふいてやった。

「エクバターナに着いたら、豪勢なお館で、何人もの医者と看護人がついて、エステル卿を世話してくれるさ。国王さまがきっとそうなさるよ」

「そんなことありえないよ、パリザード」

「どうしてさ？　気の遠くなるような旅をして、王都までいくんじゃないか。国王さまはいいお人のようだし、エステル卿を歓迎してくれるさ」

「わたしはただの異国人だもの。国王に逢わせてもらえるかどうかもわからない」

「逢えるさ。もし逢えなかったら……」

健康的なパルス娘は、すこし怖い目つきをして、木の匙を振りまわした。

「二度と国王さまなんて呼んでやらない。国王の野郎、でたくさんだよ、そんなやつ！」

空《から》になった深皿をかかえ、ドン・リカルドをしたがえて、パリザードはいったん病室を出た。とたんに気弱な表情になる。ドン・リカルドが尋ねた。

「どうした、いましがたの威勢はどうしたんだ?」

「心配なんだよ」

「心配って、何をいまさら」

「あたしが心配してるのは、傷のことじゃないんだ。傷もたしかに心配ではあるけどさ……」

「じゃあ何だ。何が心配なんだ」

ドン・リカルドは思わず声を大きくした。パリザードは、自分よりずっと年上の愛人に、できの悪い弟でも見るような目を向けた。

「エクバターナに着いて国王さまにご対面したら、エステル卿は元気になるかねえ」

「そりゃ元気になるさ。何よりそれが一番の薬だろうが」

「逆だよ」

「逆? どういう意味だ」

「国王さまに逢えたら、エステル卿は気力を費《つか》いはたして、そのまま起きあがれなくなってしまうかもしれない。不吉なことをいっちゃいけないけど、そんな気がしてね」

意表を突かれて、ドン・リカルドは怒ることもできない。

「よけいな心配だ。それより、ほら、粥をつくって食べさせてやれ。将来《さき》のことより、まず今日のことだ」

たしかに、そんなことまで心配している場合ではなくなってしまったのである。

III

この日、カーセムに呼ばれてきた医師は、百歳近くに見える老人だったが、ひととおり診察を終えると、本人が死にかけているような声でパリザードたちに告げた。

「壊疽《えそ》をおこしておる」

立ちすくむふたりの男女を見やって、老医師は不吉きわまる眼つきをした。

「傷ついた脚をすぐにでも切断せねば、毒素が全身にまわって死んでしまうぞ」

「だ、だからといって……」

ドン・リカルドが絶句すると、声まで蒼《あお》ざめてパリザードが問いかけた。

「脚を切断したら、生命《いのち》は助かるの？」

「そうはいっとらんし、いえるものでもない。確実なのは、壊疽というものは治《なお》しようがないし、このまま放っとけば確実に死ぬということじゃ」

ふたりは扉を見た。いま閉ざしたばかりの扉の向こうで、エステル・デ・ラ・ファーノが死にかけているというのか。

「痛みをとめるだけなら、方法はある。壊疽の悪臭を消すための香薬とあわせて使ったらよかろう」

「痛みはとれるのか」

ドン・リカルドの声も半死人のようだ。

「その点は保証する。黒蓮の実の越幾斯《エキス》を使ってあるでな、よほどの痛みでも忘れられるじゃろうて」

「延命は？」

「そいつは無理じゃな。この香薬を使っても悪臭が消せなくなったら、そのときは最期じゃ。死の力が生を圧倒して、もう人の力ではどうにもならん」

老医師は自分のほうが苦しげに咳《せき》をした。パリザードが背中をなでてやる。礼をいいながら、老医師は牛の革紐《かわひも》で編まれた薬箱の蓋《ふた》をあけ、小さな包みを三つ取り出した。

「この薬は、すこし使うだけなら問題ないのじゃが、苦痛が激しくなるにつれて使う量が増える。そうなると、だんだん依存するようになって、薬がなくてはいられなくなる。だから、回復の見込みがある負傷者《けがにん》や病人には、なるべく使いたくないんじゃ」

「……つまり、見込みがないと？」

「このままでは、保《も》って十日、せいぜい十五日じゃな。気力が衰えれば、もっと早くなる」

老医師の声は、氷雨《ひさめ》より冷たくパリザードの耳にひびいた。老医師の無情をなじりたいところだったが、そんなことをしても無益だとわかっている。

「エステル卿は、いい人なんだよ。とってもいい人なんだ。なのに、どうして、あんなに若いのに……」

「善人だろうと悪人だろうと、死はまぬがれんさ。お前さん、わしが悪人ばかりを看取《みと》ってきたとでも思うのか」

口の達者なパリザードだが、返答ができずに老医師を見やる。老医師が決断をうながした。

「で、どうする？　薬を使うのか、使わんのか」

「使ってくれ」

ドン・リカルドが答えた。ほとんど呻《うめ》きに近い声だ。老医師は皺《しわ》に埋まったような両眼を光らせた。

「そうさな、依存がどうとかいうのは、回復してからのことじゃろう。わしとしても、負傷者の苦痛ぐらいは、せめて取り除いてやりたいからな」

「だったら、薬を無料《ただ》にしてくれるかい？」

すかさずパリザードがいうと、老医師は小さなくしゃみをして鼻の下を指でこすった。

「甘いことをいうな。それとこれとは別じゃ。わしは家族やら弟子どもを養わなきゃならんし、薬草や治療道具も買わにゃならんのじゃ」

「わかったよ。ちょっと来ておくれ、カーセム！」

呼ばれてやってきたカーセムは、薬の代金を聴いて目をむいたが、パリザードとドン・リカルドににらまれると、天井をあおいで財布を取り出した。

老医師が帰ると、パリザードがドン・リカルドに告げた。

「将来《さき》のことはともかく、当分あたしはパルスに腰をすえるよ。あんたもそうしたら？」

「おいおい、かってに決めるな。おれには生まれ育った国がある」

「あんたたちの国へ帰って、何かいいことがあるのかい？」

パリザードの黒々とした双眸《そうぼう》をにらみつけたまま、ドン・リカルドは返答しなかった。できなかったのだ。「いいことがほしくて帰るわけじゃない」といってやりたかったのだが、どう考えても負け惜しみである。

ドン・リカルドがだまりこんでいると、パリザードは噛《か》みしめるように言葉をつづけた。

「エステル卿に逢うまでは、パルスに帰って来る気はなかったけど、こうなったのも何かの縁だろうとこのごろ思うんだ。あんたに逢えたのもエステル卿がつくってくれた縁だし、たいせつにしたほうがいいような気がしてね」

「そうか」

一日も早くルシタニアへ帰還しなければならない理由は、もはやドン・リカルドにはなかった。王弟であったギスカールはマルヤム国王になりおおせ、かつての母国へ帰還する気などない。ルシタニアでは国王不在のまま混乱がつづき、いずれ小群雄の割拠《かっきょ》から再統一へすすむことになるだろう。五十年か百年、あるいはもっと将来《さき》のことである。

他国に無用な災厄をもたらしたルシタニアは、愚行の報いとして、長い暗黒時代を迎えることになるのだ。

ドン・リカルドがなお考えこんでいると、パリザードが言葉をつづけた。

「何年かたって、その気になったら、あんたの故郷へ向けて旅立つのもいいさ。その気にならなかったら、ずっとこの国で暮らせばいい。パルスは広いんだよ。どこだって住めるさ」

「そうだな」

ようやくドン・リカルドはうなずいた。

「それじゃ、あたしたちも食事にしようよ」

はげますように明るい声をつくって、パリザードが提案した。

冷たい雨に閉ざされ、灰色に沈むソレイマニエの街を、燭《しょく》のようにぎらつく眼が見つめている。

黒に近い暗灰色《あんかいしょく》の衣は、冷たい雨のなかでもなお陰々《いんいん》として、不吉な雰囲気を醸《かも》し出していた。雨中の灯火や人馬のにぎやかな声さえ、この人物には不快なようで、音を立てて唾《つば》を吐きすてる。

「この雨だと、火をつけても燃えひろがらぬかもしれんが、これ以上、待っても雨がやむとはかぎらんからな」

若いが生気に乏《とぼ》しく、そのかわり兇々《まがまが》しい悪意をたたえた顔は、グルガーンという名の魔道士のものであった。蛇王ザッハークに対して陰惨な信仰心を抱きつづける信徒のひとりである。

街の南方につらなる山の麓《ふもと》から、さらに坂道を下って、グルガーンは泥土《でいど》を踏みしめつつ街の入口に近づいた。

「ガズダハムもグンディーも、どこで何をしておるのか。作戦を打ちあわせることもできぬ。まさか志を忘れてしまったわけでもあるまいが」

いまやグルガーンの同志といえば、ガズダハムとグンディーの二名だけである。ガズダハムはトゥラーンの親王《ジノン》イルテリシュとともに行動しているはずだが、連絡がとれない。グンディーとは王都エクバターナの地下で別れたきりだ。みずから起こした洪水で溺れたとすれば、あまりに愚かしい。グルガーンはあざけるように口もとをゆがめた。グンディーが両足の腱を断《た》たれ、人間どもにとらえられたことを、彼は知らない。

「いずれにしても、この場はおれひとりでやってのけねばならぬ」

グルガーンは左右をかえりみた。異形《いぎょう》の影が、不吉な彫像のようにひかえている。それもひとつやふたつではない。いずれも背中に翼をたたんでいた。

「むずかしいことをいっても、どうせお前らにはわかるまいが……」

すると、異形の者たちが怒りにくぐもった声をあげた。

「いや、まちがえた。お前らは空を飛べるからわかるまいが、地を這う人間どもにとって道路は死活《しかつ》にかかわるもの。この街を焼いて、やつらを窮地に追いこみ、同時に、全面的な決起の烽火《ほうか》とするのだ」

怪物たちを統御するにも限界がある。グルガーンはこれまで血に渇いた怪物たちを抑えて、雨がやむのを待っていたのだが、とうとう抑えきれなくなったのだ。しかたなしに攻撃の許可を出したのだが、いったんそうと決まれば、グルガーン自身が殺戮への欲望を禁じえなかった。

「ほら、血祭りになりそうなおいぼれが、のこのこやって来るぞ」

グルガーンの指先にいるのは、驢馬《ろば》に乗った老医師の姿だった。頭から雨衣をかぶり、自宅へ帰る途中である。高価な薬がひさしぶりに売れたので、ささやかな幸福を嚙《か》みしめ、今夜は炉の前で葡萄酒《ナビード》の新酒を一杯やろうと思っていた。

まったく突然に、暗灰色の影が躍り立った。驢馬が悲鳴をあげると同時に、逆手に握られた短剣が老医師のあごの下を斬り裂いた。

不幸な医師は、声を立てる力もない。咽喉《のど》から血と息を噴き出しながら、地上へと転げ落ちた。グルガーンは手を伸ばし、指についた犠牲者の血を舌先でなめた。血に酔った狂信者の貌《かお》。

「よし、いけ。好きなだけ殺してよいぞ」

Ⅳ

雨の幕をつらぬいて、悲鳴が走った。

ドン・リカルドは葡萄酒の夜光杯《グラス》を持ったまま、カーセムはポロワの匙《さじ》をつかんだまま、一瞬だけ動きをとめた。顔を見あわせる。ドン・リカルドはひと息に葡萄酒を飲みほし、夜光杯を卓上に置くと、鞘ごと剣をつかんだ。カーセムは匙を放り出す。

ドン・リカルドは扉口《とぐち》へと走った。

「な、何ごとだ、いったい⁉」

後につづくカーセムの問いに答えることなく、剣を抜く。扉を開いて雨中へと駆け出した。

「おい、あわてるな、すこしようすを見たほうがいいぞ」

カーセムが、うわずった声で忠告したが、振り向きもせず、ドン・リカルドは泥をはねあげながらさらに走る。

「怪物だ！　有翼猿鬼《アフラ・ヴィラーダ》だ！」

「蛇王ザッハークの手下どもが、おそってきたぞ！」

雨音にまじるパルス語の叫びを、ドン・リカルドは何とか聴きわけた。自分でもおどろくような興奮が彼を駆り立て、ドン・リカルドは雨中を突進した。蓄積したやりきれなさを、怪物どもにたたきつけてやりたかったのだ。

とりのこされたカーセムが扉口に立ちつくしていると、役人のファラクルが雨のなかを駆け寄ってきて叫んだ。

「蛇王の手下どもが襲撃してきた!」

カーセムはあえいだ。

「ま、まさか、雨を降らせたのも、やつらでは……」

「くだらぬことを。やつらにそれほどだいそれた魔力があるものか」

ファラクルは断言したが、声には動揺がある。髪から雨滴をしたたらせつつうめいた。

「それにしても、えらいことだ。ちょうど王都からもペシャワールからも、たいせつな使者の方がお見えになるころなのに……」

「え、そうなのか」

カーセムが声を高め、ファラクルがはっとして口をつぐむ。

「何で吾輩に教えてくれなかったのだ!?」

「ふ、ふん、国家の機密だからな。お前みたいなあやしいやつに教えられるものか」

「あやしいだと!?　吾輩は宰相の甥《おい》なんだぞ」

憤慨するカーセムを無視して、ファラクルは街の人々にどなった。

「みんな家の内部《なか》に隠れろ！　扉を閉めろ、外へ出るな」

自分は油をぬった雨衣を頭からかぶり、ふたたび雨のなかへ走り出していく。役人としての責任感はある男のようだ。

カーセムは扉を閉めると、卓の下へもぐりこんだ。左手で卓の脚をつかみ、右手で鞘ごと短剣《アキナケス》をにぎりしめて呼吸をととのえる。

「化物どもめ、来るなら来てみろ。カーセムさまが智勇兼備だということを思い知らせてやるからな。生命が惜しくなければ、どこからでもかかってこい」

いうことだけは一人前の戦士なのであった。

いまひとり、パリザードはといえば、カーセムなどあてにしていない。同行の兵士たちがたずさえていた弩《おおゆみ》に、矢を五、六本まとめて持つと、エステルの病室に走りこんだ。床を踏み鳴らさないよう、彼女なりにこころがけながら。

「何だかさわがしいな」

病床で、エステルは屋外の異変に気づいていた。

「怪物が襲撃してきたんだよ、エステル卿」

「怪物？」

「そうだよ、怪物さ」

「この前パルスに来たときには、人間にしか逢わなかったけどなあ」

エステルは笑ったが、それだけで負担になったらしい。二度、小さくせきこんだ。あわててパリザードは寝台に近より、右手に弩や矢をつかんだまま、左手でエステルの熱い額にふれた。

「心配ないよ。ドン・リカルドが守ってくれるし、あたしもいる。あんたに指一本ふれさせやしないからね」

彼女は寝台の傍《かたわら》に立ち、いささかぎごちない手つきで弩に矢をつがえた。兵士たちの見よう見まねだが、これで引金を引けば矢が飛び出すはずである。

「よし、これでいいわ」

口に出した瞬間、異様な音がひびきわたり、木片が室内に飛散した。たたきこわされた窓から、雨とともに異形の影が躍りこんでくる。皮の翼が天井を打ち、奇声を放つ口が毒々しく赤い。立ちすくんだパリザードの手から、はねおきたエステルが弩をひったくった。

エステルは弩の達人というわけではない。だが距離は近く、襲撃は正面からだった。矢はうなりを生じて飛び、有翼猿鬼《アフラ・ヴイラーダ》の胸の中央をつらぬいた。鏃《やじり》は怪物の背骨をくだいて背中から飛び出し、そのまま壁面に突き刺さった。

壁に磔《はりつけ》にされて、怪物は黒い毒血《どくけつ》を吐き出す。その醜怪な姿に目もくれず、パリザードは寝台に飛びついて、倒れかかるエステルの身をささえた。

「エステル卿！」

「だいじょうぶ、パリザード、心配ない」

「よかった。それにしても、ドン・リカルドのやつ、どこへいったんだろう。肝腎《かんじん》なときいないなんて、まったく役立たずだね！」

つい先ほどまで期待していたのに、ルシタニア人騎士に対して手きびしい評価を下すパルス娘であった。

パリザードの人望をうしなったとも知らず、ドン・リカルドは雨中で闘っている。叫喚《きようかん》をあげる有翼猿鬼《アフラ・ヴイラーダ》の頸《くび》すじに剣をたたきこみ、噴き出す毒血を避けて跳《と》びのく。泥に足をとられてよろめくと、横あいから鳥面人妖《ガブル・ネリーシャ》が躍りかかった。手首をひるがえし、左下から右上へ斬撃を放つと、手ごたえとともに血がはねる。

「ちくしょう、ちくしょう、こいつら」

泥にまみれ、剣を振りまわしながらルシタニア語で叫ぶ。白髪も半ば泥で黒くなっている。この姿でルシタニアにもどっても、騎士どころか夜盗《やとう》にしか見えないだろう。これほど興奮し、むだに跳《は》ねまわり、やたらに叫びたてるのは初陣《ういじん》以来だった。冷雨に打たれつづけているのに、全身が熱く、むだな動きが多いのに、疲れを感じない。狂乱したように剣をふるい、怪物どもをたたきつけ、斬り伏せる。

その姿を見て、舌打ちする者がいた。魔道士グルガーンである。短剣《アキナケス》をかざして背後からルシタニア騎士にせまろうとしたとき、上空から舞いおりた鳥面人妖《ガブル・ネリーシャ》が彼の耳もとで何か叫んだ。

「なに、軍隊だと!?」

魔道士グルガーンは、嘲笑《ちょうしょう》しようとして失敗し、顔の筋肉を引きつらせた。雨音を吹きとばす勢いで、べつの音が力強くわきおこり、殺到してくる。馬蹄《ばてい》のとどろきだった。

「ばかな、なぜいまごろ軍隊がこんなところに……」

グルガーンはどなるように問うた。

「どれくらいの数だ!?」

重要な質問だったが、鳥面人妖《ガブル・ネリーシャ》には答えることができない。まして有翼猿鬼《アフラ・ヴィラーダ》どもは、うろたえて騒ぎたてるばかりだ。数ばかりいても、たよりにならなかった。

「こんなやつらをひきいて、アルスラーンの一党と決戦せねばならんとは」

いまさらのように怒りが湧《わ》きおこり、グルガーンは短剣《アキナケス》を一閃させた。耳ざわりな悲鳴があがったのは、刃《やいば》が有翼猿鬼《アフラ・ヴィラーダ》の後肢を斬ったからであった。その悲鳴がドン・リカルドの耳にとどいた。大剣の柄を両手でつかんで身体ごと振り向く。

「おそえ！」

わめくように命じて、グルガーン自身は踵《きびす》を返した。

不快な羽ばたきの音が、狂乱の曲を奏《かな》でた。数十の影がドン・リカルドの頭上にかたまり、空中からいっせいにおそいかかろうとした、まさに寸前。

またも別種の音がわきおこって、密集した怪物どもに矢が射こまれた。一匹の身体に数本の矢が突き立ち、苦悶《くもん》の叫びとともに怪物どもは泥濘《でいねい》にたたきつけられる。泥の飛沫がドン・リカルドの顔や胸にかかった。

V

降りしきる雨の音、怪物どもの羽ばたき。それらの音を圧倒して、馬蹄のとどろきがドン・リカルドをつつみ、はねあがる泥は横に飛んで建物の壁を汚す。

「パルス軍か……」

ドン・リカルドはうなった。馬蹄の音はいくつもの方角からかさなりあって聞こえてくる。

「西と東から同時に？」

何かパルス軍が大規模な作戦行動をおこなっており、知らずにそのただなかに飛びこんでしまったのだろうか。ドン・リカルドには見当もつかなかったが、パルス軍の到着が怪物どもを狼狽させているのはたしかであった。

「運がいいのか悪いのか……」

ドン・リカルドは雨と泥にまみれたまま、とりあえず騎馬の群れを避けて路傍《みちばた》に寄った。と、足もとに硬いものが触れる。街の守備兵が戦いの中で落としたものか、弓と矢筒が泥まみれでころがっていた。ドン・リカルドは弓をつかんだ。矢筒のなかには矢が五、六本はいったままだ。彼は頭上になお何匹か怪物の影を認めた。

ドン・リカルドにも武人として弓術の心得はある。戦場で射倒した敵の数も、かなりのものだ。本人にいわせると、「名人と自称できるまで、あと一歩」ということになる。

だが、その一歩がなかなか大きい。

ドン・リカルドは、たてつづけに三度、矢を放った。最初の一本は怪物の脚をかすめただけで、雨中に飛び去った。二本めはみごと怪物の胴をつらぬき、泥の上にたたき墜《お》とした。三本めは肩にあたったようだ。が、深傷《ふかで》をあたえることはできず、怪物はよろめきつつ雨中を逃げていく。

「パルスの弓は、どうも使いづらいな」

弓に罪を着せながら、四本めの矢をつがえようとしたとき、ドン・リカルドの頭上を銀色の線が走った。雨は上から下へ垂直に降るが、その線は水平に走ったのだ。雨の幕の向こうで人ならぬものの絶叫がおこり、重い物体が泥をたたいて鈍くぬれた音をたてた。

ドン・リカルドは口笛を吹いた。彼の口笛の技巧は、歌唱力とおなじていどだったが、まごうかたなき弓の名人が、彼とおなじ悪条件で、みごとな弓勢《ゆんぜい》をしめしたので、賞賛せずにいられなかったのだ。

「ほう、たいしたものだ、騎士ドン・リカルドがほめてつかわすぞ、喜べ！」

口笛につづいて、彼はルシタニア語でどなった。雨音に足音がまじり、彼の近くに人影が立った。いまみごとな弓勢をしめした当人であることは、明らかだった。

「その異国語は、どうやらルシタニア人らしいな」

若い男のパルス語だ。冷静で、同時に危険な声だった。ドン・リカルドには、肌でそれがわかる。冷静さを保《たも》ったまま、敵に対して致命的な斬撃をあびせかけることができる人間の声なのだ。

無言のままドン・リカルドは弓を放り出し、いったん鞘におさめていた大剣を抜いた。それに対して、若いパルス人は冷然たる不信と不審の声をかさねて投げかけた。

「ルシタニア人がいまごろなぜこんな場所にいる？」

お前たちこそ、といえる立場ではドン・リカルドはない。それに、まだ興奮はつづいていて、弁明するより剣をふるうほうに、ルシタニア騎士の意思ははたらいた。鋭く喊声《かんせい》をあげると、ドン・リカルドは剣をかざした。相手を誘ったのだ。誘ったくせに、つぎの瞬間、ドン・リカルドは予想を上まわる斬撃の烈《はげ》しさにおどろいた。刃と刃が激突し、雨中に火花が散る。たてつづけに十数合。

「こいつは強い」

ドン・リカルドは慄然《りつぜん》とした。剣技は互角。膂力《りょりょく》はややドン・リカルドが上まわる。だが、軽捷《けいしょう》さにおいてはあきらかに相手がまさり、雨のなかでも動きはまったく鈍らないようだ。

一度ならず、相手の刃がドン・リカルドの服をかすめ、布地を斬り裂いた。ドン・リカルドがふるった剣も、相手の咽喉《のど》や肩先をおびやかしたが、傷をあたえることはできない。

雨勢がすこし弱まった。相手の顔が多少は確認できるようになった。若々しく、鋭い、奇妙に不機嫌そうな顔が見えた。ということは、ドン・リカルドの顔も充分、相手に見えるということだ。笑えば娘たちが見とれるかもしれない若者の顔に、不審の影がよぎった。

「おい、お前、その白髪は……？」

その声は叫喚によってかき消された。いつのまにか、背後から肉薄《にくはく》していた有翼猿鬼《アフラ・ヴイラーダ》の叫びだ。

腰から両断された怪物の身体が血を噴き出した。上半身が半ば刃の上に乗るように横へ飛ぶ。下半身は一、二歩、泥の上をよろばい歩き、褐色の飛沫をあげて地に倒れた。大量の血がたちまち泥に吸いこまれていく。

「メルレイン卿、何をしている？」

力強い、おちついた声がした。あらたな水と泥の音。誰かが馬上から地上へ跳《と》びおりたらしい。

「魔物でなく、人と闘っているのか。それも白髪の老人と。何があった？」

「そやつ、老人ではない。動きがちがう」

「ほう」

黒影がドン・リカルドに向きなおった。まさしく黒影だ。青灰色の雨のなか、黒衣をまとった長身が、大樹のような頼もしさを印象づける。右手の長剣は、雨によって血が洗い流されたのであろう、鈍い銀色をたたえていた。

「……この男には勝てないな」

ドン・リカルドは素直にそう思った。むざむざ一合で斃《たお》されるとは思いたくないが、「善戦して敗れる」というあたりだろう。こちらの生命と引きかえに、腕一本を断《た》ち切れるかどうか。

それでもドン・リカルドが剣を握りなおし、一歩踏みこんだ瞬間。相手の長剣がうなった。

おそろしい斬撃だった。降りしきる雨までが、数百本まとめて両断されたかのようだ。

閃光が水平にドン・リカルドの胴めがけて奔《はし》る。

火花と、鋼《はがね》の灼《や》ける匂い。ドン・リカルドの両腕に重い衝撃が走った。刃鳴りが強烈に耳をたたき、ドン・リカルドは自分が黒衣の騎士の斬撃を受けとめたことを知った。受けとめて、だが、そのままルシタニア騎士は、泥をはねながら後退した。刃をかみあわせたまま、一歩ひき、二歩押され、三歩めでついに体勢をくずした。右ひざが泥に触れ、背中がたわむ。

「だめ！　殺しちゃいけない。その人を殺さないで！」

叫んだのはパリザードだった。雨のなかで両手をひろげ、黒衣の騎士とドン・リカルドの間に割りこもうとする。「来るな」と叫ぼうとしたが、ドン・リカルドは声すら出なかった。

　不意に全身を圧倒する力が去った。黒衣のパルス人が剣を引き、一歩しりぞいたのだ。

　ドン・リカルドは泥のなかに横転した。あおむけに倒れこむのを回避しようとして、結局、左半身を泥に浸《つ》けてしまった。すでに泥まみれの身体ではあったが。

「その人は国王さまに大事な用があって、王都にいくところなんだ。殺しちゃいけない。助けてあげて！」

　パリザードの声を聞きながら、ドン・リカルドは泥の上で何とか身をおこした。斬られるとしても、せめて立ったまま斬られたい、と思ったのだ。

「その白髪、どうも見おぼえがあるような……」

　おちついた声がして、剣を引いたパルス人が問いかけた。

「名は何という、ルシタニア人？」

「パルスでは、白鬼《パラフーダ》と呼ばれていた」

　ドン・リカルドがようやく答えると、相手はうなずいた。長剣を鞘におさめることはないが、それは人間ではなく怪物どもにそなえてのことのようだった。

「なるほど、思い出したぞ、あのルシタニア人だな」

「……あんたは？」

「ダリューンだ。国王《シャーオ》アルスラーン陛下におつかえしている」

黒衣の騎士は、ドン・リカルドとパリザードを見やり、かるく首を振った。

「妙なとりあわせのようだな。とにかく家のなかにはいっていろ。だいじな用がある。それをすませてから、話があるなら聴こう」

ダリューンはふたりに背を向け、弱くなった雨のなかを歩き出しかけた。彼に声をかけたのは、最初にドン・リカルドと剣をまじえたパルス人の若者である。

「ダリューン卿」

「おう、メルレイン卿、ひさしぶりだな」

黒衣の騎士ダリューンは、若い僚将《りょうしょう》に応《こた》えた。ダリューンの前にドン・リカルドをおびやかした危険な戦士は、ゾット族の族長代理をつとめるメルレインであった。

「おひとりか？」

「いや、ジャスワント卿がいっしょだ」

「それにしても、万騎長《マルズバーン》がわざわざ来なくても」

「王都にいると身体がなまる。大将軍《エーラーン》が口うるさくいいたてる前に、陛下のお許しをいただいて飛び出してきた」

ダリューンはにやりと笑った。大将軍《エーラーン》キシュワードが立腹しているだろうと思うと、それが愉《たの》しい。先ごろ、王都エクバターナ地下の暗黒神殿をめぐって、ダリューンとキシュワードがいささかみっともなく指揮権をあらそったことを、メルレインは知らなかった。

「で、メルレイン卿が先駆か」

「そうだ」

「兵はどのていどひきいてきた？」

「六百騎ほど」

「駐屯の日数は？」

「クバード卿の本隊が着くまで」

そういってから、愛想のなさすぎる応答を、めずらしく反省したらしい。メルレインはいいそえた。

「ま、十日から十五日の間だろう。宿舎の手配とか、やっておくことはいろいろある」

パルス人の将軍ふたりが会話している間に、パリザードはドン・リカルドをつれて宿へもどった。熱い湯をわかし、ドン・リカルドに入浴させ、泥まみれの服を洗濯して、将軍たちの来訪にそなえたのである。

VI

　王都エクバターナから東へ、馬を走らせれば、七、八日でソレイマニエに着く。ペシャワールから西へ、やはり馬を走らせれば、七日でソレイマニエに着く。双方からの急使が対面するのに、最適な場所であろう。

　このとき、エクバターナからの使者はダリューンとジャスワントであり、ペシャワールからの使者はメルレインであった。将軍級の三名が使者として対面し、念をいれて打ちあわせしたのである。

　それほど重大な用件であったのだ。

　ただ書状の受け渡しがおこなわれただけでなく、ダリューンはメルレインに口頭で大意をつたえた。万が一、書状が紛失するようなことがあっても、大過なく任務が遂行されるようにである。

　ジャスワントがダリューンの前に姿を見せて報告した。

「怪物どもはかたづきました。残っているのは死骸だけです」

「どこから来て、どこへ逃げたやら。蠅《はえ》や虻《あぶ》のように始末が悪い」

メルレインが、にがにがしげにいう。

「考えたな、やつらなりに」

ダリューンはそう評した。

「ソレイマニエの街を破壊し、大陸公路を遮断すれば、王都とペシャワールとの連絡がきわめてむずかしくなる。兵力の移動にもさしつかえるところだった」

「あやういところでしたな。それにしても、軍師どのは結果として、蛇王の眷属《けんぞく》どもの機先を制したことになります」

「まったく可愛げのないやつ」

ダリューンは苦笑した。

「だが、悪運も強い。これで予定を変える必要もなくなったし、予定の正しさも証明された」

それから一刻ほどの間、パルスの将軍三人はあわただしく立ち働いた。くりかえし軍師ナルサスの指示について打ちあわせ、今後の予定を確認する。それが終わると、ファラクルらの役人たちを呼んだ。雨でくずれた道の修復、犠牲者たちの遺体の収容、怪物どもの死体の処理、負傷者たちの治療と看護、建物や家畜の損害についての報告、兵士たちが休息する場所の確保、食事の手配、街の近辺の偵察と、できれば今回の件に関して怪物どもの本拠地を捜し出すこと……。算《かぞ》えあげれば際限《きり》のない務《つと》めに追われた。

ひととおり手配をすませて、ダリューンが手を拍《う》つ。

「よし、まあこれくらいやっておけば、あの口うるさい宮廷画家に嫌《いや》みをいわれることもなかろう」

「だいそれたことをしたものだ、と、我ながら思いますよ。四年前に、あの御仁を敵にまわしたのですからな」

シンドゥラ人であるジャスワントが、何やらしみじみという。

「そうだいそれたことでもないさ。おぬしは主君のために忠誠をつくしただけだ。おれのほうが、よっぽどだいそれたことをしている」

「ダリューン卿が？　それはどういうことでござる？」

「十年以上、あの悪辣《あくらつ》な画家志望の男と友人づきあいして、まだ身を滅ぼさずにいられるのだからな。だいそれたことだ」

ジャスワントは返答にこまったが、たぶんダリューンが拙劣《へた》な冗談をいったのだろうと判断し、自分でも拙劣な冗談で応じた。

「ではパルスの神々があなたの忍耐と寛容さを嘉《よみ》したもうでしょう。死後はきっと天国へいけますぞ」

「そうかな。同類と看做《みな》されて、ナルサスのやつといっしょに地獄に堕《お》とされそうな気がする」

もう一度ジャスワントは、冗談をひねり出した。

「それではアルスラーン陛下がお歎《なげ》きあそばしましょう。どう考えても、陛下は天国へいらっしゃいますからな」

これまで沈黙していたメルレインは、やはりだまったままであったが、声に出さずに笑ったようである。

「ではおれはナルサスのやつに足を引っぱられても、やつひとりを地獄へ蹴落として天国へ這《は》いあがるとしよう。アルスラーン陛下の随従《おとも》ができないのなら、死ぬ意味もないからな」

ジャスワントは三度めの冗談をひねり出そうとしたが、もともとまじめすぎるような男なので、断念した。

「これくらいにしませんか、ダリューン卿、死を冗談の種にするのは不祥《ふしょう》だ、と、シンドゥラではいわれております」

「シンドゥラだけとはかぎるまい」

ダリューンは掌《てのひら》で顔をなでた。

「さて、これで宮廷画家の指示はひとまずはたしたが、先ほどのルシタニア人、白鬼《パラフーダ》という男はどうしたかな」

メルレインがはじめて声を出した。

「たしか、あの男、四年前にルシタニアへ帰国したはず。それがいまごろパルスへ何をしに来たのだろう」

「パルス人の情婦《おんな》ができたようだぞ」

ダリューンがいささか人の悪い笑いを浮かべると、ジャスワントが生真面目《きまじめ》な表情で浅黒いあごをなでた。

「まあ話があるなら聴いてみましょう。何やら消息をもたらしてくれるかもしれません」

そしてようやく三人の将軍は、紅い僧院《ルージ・キリセ》からやってきた四人づれの宿に足を向けたのだ。

「おぬしたちはどういう事情でここへやってきたのか」

ダリューンの質問は当然のもので、カーセムには答える用意ができていた。紅い僧院《ルージ・キリセ》でのできごとをカーセムがひととおり語り終えたときには、三人の将軍はすっかり表情をあらためている。

「なぜそれを早くいわなかった⁉」

「はあ、申しあげる機会がなく……」

「まあいい、とにかく、お前の同行者に逢《あ》わせろ」

白鬼《パラフーダ》の名を聞きながら、すぐ「ルシタニア一元気な騎士見習い」のことを想い起こさなかったのは、不覚といえば不覚である。

カーセムがパリザードを呼び、彼女に案内されて、三人はエステルの病室にはいった。エステルは寝台に上半身をおこし、肩に上衣をはおってパルスの騎士たちを迎えた。三人はしばらく息をのみこんだようにエステルをながめやったが、やがて鄭重にダリューンが一礼した。

「ルシタニアの騎士見習い、いや、正式に騎士となられたそうだが、このような場所でお目にかかろうとは意外でござった」

「ぶざまな姿をお見せして申しわけない」

かたくるしい声に、弱々しいが熱っぽい誇りがこめられている。女騎士《セノーラ》の称号は、エステルにとって単なる肩書《かたがき》ではなく、生の証《あかし》であった。

「我らのことをおぼえておいでかな」

ひかえめにジャスワントが問うと、エステルは微笑をつくってうなずき、メルレインに視線を向けた。

「そちらにいるのは、たしかパルスで二番めの弓の達人ではなかったかな。最初は王宮で対面したはずだ」

メルレインはエステルと一対一で顔をあわせたことがあるのだ。

ルシタニア軍が王都エクバターナを占領していたころ、さまざまな経緯《いきさつ》から、マルヤム王国のイリーナ王女がルシタニア国王イノケンティス七世を刺して傷を負わせるという事件があった。そのとき、メルレインとエステルは混乱をきわめる王宮から脱出し、南へ同行して、路上でアルスラーン一行に遭遇するのである。アルスラーンたちは港町ギランから北上して、いよいよ王都エクバターナを侵掠者《しんりやくしや》から奪還するための戦いをはじめようとしていた。メルレイン自身、このとき父の死後はじめて妹アルフリードと再会したのである。

元気そうだ、といいたかったが、エステルの姿を見ては、メルレインの口も、いっそう重くなる。むっつりとうなずいて、エステルの顔をながめたが、すぐ視線をそらした。この若者の生まれつきで、怒ったように見えるが、じつは困惑していたのだ。

というのも、彼の鼻はエステルが使う香薬の匂いをかぎつけていて、その薬がどういう意味を持つか知っていたからである。ゾット族はかつて盗賊稼業の他に、まともな商売として薬草採りや薬の製造も手がけていたのだ。

「アルスラーン陛下にお目にかかるために来たのか？」

重い口をようやく開いてメルレインが問うと、熱にうるんだ瞳で、エステルはメルレインをながめやり、わずかに唇を動かした。

メルレインは左右の僚将にささやいた。

「一日も早く逢わせたほうがいい」

メルレインの言葉の意味を、聞いた者の全員が即座に理解した。ダリューンもジャスワントも、メルレインの意見をくつがえす材料を見出しえなかったのだ。彼らはこれまで多くの戦死者と戦病死者を見てきており、エステルのようすが、「傷が悪化して死に至る」人々の典型的な例であることを直観していたからであった。

Ⅶ

一夜が明けて、パルスの暦で八月十一日。ようやく雨があがった。ちぎれて流れ去る雲の間から夏の太陽が姿を見せ、これまで地上を照らせなかったお返しとばかり、白熱した光を投げつけた。冷たく湿っていた大気と土は、たちまち乾き、あたためられていく。

「出発だ、出発だ、一日も一刻もむだにしてはおられんぞ」

カーセムは騒々しい男だが、やるべきことはきちんとやっていた。雨があがったときには、すっかり準備がととのっており、エステルの体調さえよければいつでも出発できる。

カーセムが気にしていたのは、滞在中にかかった経費のことであったが、これはダリューンとジャスワントがまとめて金貨《デーナール》で支払った。カーセムは心から国王陛下の気前のよさをたたえた。

メルレインは六百騎をひきいて、ソレイマニエに滞在をつづける。彼らの世話はファラクルがすることになるが、これだけの兵力が滞在するとなれば、ファラクルとしてもこころづよい。

いそいそと出立の準備をととのえるパリザードに、ダリューンが告げた。

「我々は騎馬でエクバターナへ急行する」

「え、それじゃ、あたしたちを、いっしょにつれていってくれないのかい!?」

パリザードは抗議の声を張りあげたが、ドン・リカルドにたしなめられた。重態のエステルを馬車に乗せて運ぶには時間がかかる。騎兵部隊と同行するのは不可能である。

ジャスワントが説明した。

「我々は一日も早く、ソレイマニエでメルレイン卿と打ちあわせたことを、王都に復命《ふくめい》せねばならぬ。同時に、ルシタニアの女騎士がパルスに来ているということを、国王《シャーオ》にご報告したい。そうであれば全速力で王都にもどらねばならんのだ。おぬしらを置き去りにするのではないぞ」

ようやく納得して、パリザードはうなずいた。

「あたしたちはエステル卿を守ってゆっくりいくしかないけど、あんたたちが先行して国王さまに報告してくれたら、エクバターナではあたしたちを迎える準備をしてくれるってわけだね」

「迎えの者もよこそう。さしあたり、護衛として二十騎ほど残していく」

「いく先々で、あたしたちの通行や宿泊に便宜《べんぎ》をはかってもらえたら、ありがたいんだけど」

「もちろん、そうしよう」

パルス国の武将たちとパリザードとの間で、てきぱきと交渉が成立するのを、ドン・リカルドはいささか複雑な思いで見守った。パリザードが有能ぶりを発揮すればするほど、自分が役立たずに思えて来るのである。

「だが、まあよかった。これでおれの肩の荷もおりたってもんだ」

つぶやきながら、宿の外へ出て、所在なげに歩きはじめた。街の住人や兵士たちが、泥濘に砂をかぶせ、道が通れるよう作業中である。それをさまたげないよう路地にはいると、広場ともいえないていどの空地に出た。昨夜の犠牲者であろう、何十かの遺体が列《なら》べられて、埋葬されるのを待っている。「失礼」とつぶやいて踵《きびす》を返しかけたドン・リカルドは、昨夜、薬を売ってくれた老医師の姿を死者の列中に見出し、深く頭をさげて冥福《めいふく》をいのったのだった。

八月にはいると、「盛夏四旬節《フローラム・チェツレ》」もようやく終わりを告げる。日中の陽光はなお灼《や》けつくようだが、朝夕には秋の尖兵《せんぺい》が涼気を吹きこんできて、王都エクバターナの市場には早くも柘榴《ざくろ》や林檎《スイーブ》の実が並びはじめる。これから雪が降りはじめるまで、さわやかな季節を王都は迎えることになる。


「さあさあ、飲んだ飲んだ。ぐずぐずしてると、麦酒《フカー》が一番うまい季節はもう過ぎてしまうぞ。ほら、けちけちせずに、この高価《たか》いやつを飲みほせ」

「売れ残ったら、こまるのはお前だろ。すこしは廉《やす》くしろや」

「苦労して調達したんだ。そうそう値引きできるもんか。だが、そうだな、この仔羊肉の串焼きを一本おまけしてもいいぜ」

「どうせ売れ残りだろ、恩を着せるのはやめな」

パルス暦三二五年八月十五日。

国王《シャーオ》アルスラーンは午前中の執務をすませたところだった。署名した羊皮紙の量は、かさねると成人の腰のあたりまでとどきそうだ。たいていのことは宰相《フラマータール》ルーシャンと王国会計総監《スパンディヤード》パティアスが処理してくれるが、三日に一度くらいは書類の山がアルスラーンのもとにまわってくる。土地、租税、相続、刑罰、貧しい人々や病人の救恤《きゅうじゅつ》、善行をおこなった者の表彰、その他まったく際限がない。

昼食が運ばれてきた、まさにそのとき、万騎長《マルズバーン》ダリューン卿の参内《さんだい》が報告された。

「やあ、ちょうどよかった。ダリューンの苦労をねぎらって、昼食をともにしよう。エラム、一人前追加するよう、料理長にいってくれ」

だが、ダリューンは、国王《シャーオ》に対して挨拶《あいさつ》をすませると、いきなり話を切り出した。

「陛下はおぼえておいででしょうか。まだ王太子であられたころ、ルシタニアの騎士見習いとお逢《あ》いになられたことを」

「ああ、おぼえている。エステルといったな」

アルスラーンは、晴れわたった夜空の色の瞳をかがやかせた。

「なつかしい名だ。だけど、ダリューン、どうして急にそんなことをいい出したのだ？」

ダリューンの返答は短い。

「来ております」

「え、来ている？　だれが？」

あまりに意外だったので、アルスラーンはめんくらい、ついで一笑した。

「エステルがパルスに来ているのか！　で、いまどこにいるのだ？　そなたといっしょに馬を走らせてはこなかったのか？」

「ソレイマニエから王都へと向かってきております。ですが……」

ダリューンの表情にも言葉にも明快さが欠けている。敏感に察して、アルスラーンは不吉な雲が胸中にわきおこるのを感じた。側近のエラムは息をのんで見守るばかりだ。

「いったい何があったのだ？　いや、そもそもエステルは四年前にルシタニアへ帰国して、もう一生、逢えないと思っていたのに、なぜパルスへやってきたのだ？　ああ、そうだ、白鬼《パラフーダ》だったかな、記憶をうしなっていたルシタニア人を助けてやっていたけど、あの男はどうなった？」

四年分の疑問がつぎつぎと湧《わ》きおこり、アルスラーンの口を突いて出た。

国王のためにととのえられた料理が、むなしく湯気と芳香を立てているが、アルスラーンは気づかない。エラムは気づいているが、そのようなことを口には出せない。

ダリューンは奉答《ほうとう》した。

「他のことは、いまは措《お》きまする。正式に騎士となったエステル卿は、不慮《ふりよ》のことで脚に重傷を負い、その傷が壊疽《えそ》をおこしております」

アルスラーンがあらたな問いを発するまで、幾許《いくばく》かの時を必要とした。

「……それで容態はどうなのだ？　よほどに重いのか？」

ダリューンはためらったが、答えないわけにはいかなかった。

「容態はかなり重うございます。同行した者が申しておりましたが……いや、私めが見ましても、一命が危ういこと、まちがいございません」

アルスラーンは努力して声調《せいちょう》をととのえた。

「医師と病室の用意をさせよう。国王の友人として、鄭重《ていちょう》にあつかって……」

つづく言葉をのみこんで、アルスラーンはダリューンを見すえた。

「……まさか、まにあわないとでもいうのか」

「ソレイマニエで別れてより、すでに五日になります。病状が好転するはずもなく、申しあげにくきことながら、一刻をあらそいましょう」

若い国王は大きく息を吸って吐き出した。

「では逢いにいく」

アルスラーンは立ちあがった。エラムがあわてて制止する。

「陛下、午後の国務はどうなさいますか。陛下に謁見《えっけん》を賜わりたく待機している者が、百人近くおりますぞ」

「彼らには悪いが、謁見は中止だ。延期する」

「何日もかけて辺境から王都へやってきた者もおります」

アルスラーンは反論しなかった。エラムの腕に自分の手をかけた。

「いかせてくれ、エラム、これが最初で、きっと最後だ」

「へ、陛下……」

「たのむ、恩に着る」

アルスラーンは両手をあわせ、臣下に向かって頭をさげた。深々と。国王《シャーオ》の行為に、エラムは仰天した。あわてて左右を見まわす。さいわいダリューンの他に人影はない。エラムはダリューンを見やり、溜息《ためいき》をひとつついた。

「陛下、お願いなどされてはこまります。お命じください」

「では、いかせてくれるか」

「こうなったら、おいそぎを。例の出口からお出ましください」

アルスラーンが微行《おしのび》で出かけるとき、「天使の間」に設けられた秘密の扉を使う。エラムの言葉にアルスラーンがうなずいたとき、「エラム」と呼びかける声がした。皮肉をこめた声調に、エラムは文字どおり飛びあがり、振り向いて、師たる人物の姿を視認した。

「ナ、ナルサスさま……」

「未熟者め」

歩み寄る軍師ナルサスの表情はひややかだ。

「どうせ悪だくみするなら、もうすこし芸を見せてほしいものだ。夏だというに黒衣を着こんだ物好《ものず》きが、大将軍や宰相への挨拶《あいさつ》もなく参内したと聞いて来てみれば……」

黒衣を着た物好きな男は無言で肩をすくめ、国王は側近をかばって声を出した。

「ナルサス、エラムを責めないでくれ。私は……」

「陛下、お話は後ほど。早くなさらないと、口やかましい宰相どのに諫言《かんげん》されますぞ」

ナルサスはエラムを見やり、低く、だが鋭く叱咤《しった》した。

「エラム、何をしている。いかなる事態であっても、陛下の影の射《さ》す場所にいるのが、お前の役目だろう。随従《おとも》せよ！」

「は、はい！」

「ナルサス、恩に着る」

駆け出すアルスラーンとエラム、ふたりの不肖《ふしょう》の弟子を見送って、ナルサスはじろりと黒衣の騎士をにらんだ。

「さっきから妙な目つきでおれをながめているな。物好きめ、何がいいたい？」

「いや、おぬしのことだ。もうすこし陛下に意地悪をするかと思っていた。案外ものわかりのいいやつだと思ってな」

「何をくだらぬことを」

不機嫌そうに応じると、ナルサスはわざとらしく手を伸ばして、ダリューンの黒衣の埃《ほこり》をはらった。

「おぬしが黒衣にこだわるのは、汚れが目立たぬようにするためか」

「おいおい」

「ま、どうでもいい。さあ、吾々も陛下の後を追うぞ」

「よし」

簡潔に応じて、ダリューンが大股に歩き出す。つづいて足を運びながら、ナルサスは独《ど》語《ご》した。

「陛下は宿命というものがお嫌いのようだが……」

そのことを、先日、ナルサスはエラムから聴いたのである。

「……だが、宿命のほうで陛下を放っておかぬと見える」

第四章　悩み多き王者たち

I

王都エクバターナの城門では、ジャスワントが国王《シャーオ》を待っていた。アルスラーンとエラムはジャスワントが用意していた馬に乗り、そこへダリューンとナルサスが追いついて、合計五騎が東へと走った。

二夜を野営し、八月十七日、公路ぞいの曠野《こうや》に目的の一行を見出した。エステルがまったく動かせなくなったので、天幕を張ってとどまっていたのだ。王都からの使者を待っていたのだが、来たのは国王《シャーオ》自身であった。

「国王《シャーオ》がおんみずから……？」

異口同音《いくどうおん》に叫んだのはパリザードとカーセムで、馬からおりるアルスラーンの姿を見ると、草の上に平伏してしまう。

事大主義者《じだい》で出世願望の強い小役人のカーセム。彼が国王《シャーオ》の御前ではいつくばうのは当然だとしても、こわいもの知らずのパリザードまでおなじことをしたのは、ドン・リカルドには意外だった。パリザードは、国王への尊崇《そんすう》の念をたたきこまれたパルス人なのだな、と感じずにいられない。彼自身は地に片ひざをついて頭をさげ、敬意を表した。

じつはドン・リカルドはすでにアルスラーンと逢っている。ただ、そのときドン・リカルドは記憶をうしなっており、白鬼《パラフーダ》と呼ばれていた。王太子当時のアルスラーンに逢ったのはたしかでも、その姿は昏迷《こんめい》の霧につつまれ、まったく想い出せずにいた。

アルスラーンのほうでも、白鬼に逢った記憶はあるが、それは自分自身が何者であるかを忘れ、恐怖の幻影におびえる弱々しい男だった。いまでは背筋《せすじ》も伸び、精悍《せいかん》な雰囲気をまとって、別人の観がある。

「エステルが世話になったと聞いた。礼は後でいわせてくれ」

そう声をかけただけで、アルスラーンは天幕へ足を向けた。そこに瀕死のエステルが横臥《おうが》している。

ダリューン、ナルサス、ジャスワントはその場にとどまり、若い主君の後姿を見送った。パリザード、ドン・リカルド、カーセムも同様であって、パルス製の半球形の天幕にはいったのは、若い国王《シャーオ》ひとりであった。天幕は直径五ガズ（一ガズは約一メートル）ほどの野戦用のもので、風雨をふせぐには充分だが、質朴《しつぼく》で何の装飾もない。外光がさえぎられているので、内部は薄暗くもあった。

香がたきこめられているのは、腐臭を消すためであった。そうしなければ、エステルの傷から発せられる悪臭を消し去ることができなかったのだ。それが、ほぼ四年ぶりの再会の、痛ましい実相《じっそう》であった。

それがエステルだとは、最初、アルスラーンにはわからなかった。エステルにしてはあまりに静かで弱々しく、生気に欠けていたからだ。だが、アルスラーンを認めて、両眼には光が射《さ》した。

身じろぎしたのは、組み立て式の粗末な寝台から起きあがりたかったからだが、すでにそれだけの力もうしなわれていた。最後の生命力は声にこめるべきだと彼女はさとった。

「アルスラーン」

「エステル、ひさしぶりだね」

王都からずっと、いうべき言葉を考えていたはずなのに、アルスラーンの口から出たのはごく平凡な言葉だった。エステルは全力で言葉を返した。

「りっぱな角が生《は》えてるかと思ったのに、生えてないんだな……でも、角がなくてもりっぱだ」

「君も、りっぱな騎士になった」

「虚言《うそ》をつく才能がないなあ。それでよく悪の総大将がつとまる」

エステルは笑おうとして、色あせた唇を動かしかけたが、苦しげな息が洩れただけである。アルスラーンの掌《てのひら》が、エステルの甲にかさなると、冷たさがつたわってきた。

「パリザードと白鬼《パラフーダ》を……」

「うん」

「あのふたりをたのむ。これから、めんどうを見てやってほしい」

「わかった」

「白鬼には、もうわかってるはずだ。ルシタニアに帰ってもしかたない、と。パリザードはもともとこの国の者だし……アルスラーン」

弱々しく、だがはっきりと呼びかけられて、アルスラーンは身を乗り出した。

「何だ、いってごらん」

「いいたいことがいっぱいあったけど、もういい」

「……」

「逢えたからもういい」

「エステル」

「逢いたかっただけなんだ……」

エステルは口をつぐんだ。あふれる想いを口にすることをむしろ恐れるように、だまって目を閉じる。アルスラーンはささやいた。

「エステル……？」

応答はない。睫毛《まつげ》は伏せられたまま、唇は閉ざされたまま、二度と開かれることはなかった。ルシタニア国の女騎士《セノーラ》エステル・デ・ラ・ファーノは故郷をはるか離れたパルス国の曠野《こうや》で生を終えたのだ。この七月に十九歳になったばかりであった。

天幕が音を立てたのは、一瞬、風が曠野を吹き渡ったからである。

天幕の外では、七人の男女が最初のうちは気まずげに沈黙していた。まずそれに耐えられなくなったのはカーセムである。彼は武将たちを品さだめするように観察していたが、ダリューンと視線があったので決断した。だいじな箱を持ち出し、「チュルクの名だたる将軍」の首を見せたのである。

ダリューンほどの戦歴《せんれき》であれば、戦場で斬った敵将の顔を、すべて憶《おぼ》えていられるわけもない。だがシングと闘ったのはそれほど旧《ふる》いことではなく、生かして捕え、名も聴いた。蜜蠟に漬けられた首を見て、記憶をよみがえらせた。

「たしかにチュルクの名だたる将軍だ。名はたしかシングといったな」

「おお、さようさよう、まさにそのシング将軍でございますて。いや、さすがチュルクきっての猛将なれば、討ちとるのもひと苦労でございました」

調子よく歓喜するカーセムに、ダリューンは苦笑をこらえる視線を向けた。

「で、みごとシングを討ちとってこのような姿にしたのは、おぬしか」

「あ、いえ、後の半分は吾輩、いえ、私めでござるが……」

「後の半分？」

「シングの首を蜜蠟に漬けて保存するようはからったのは、私めでござる。そうしておかずば、この暑さゆえ、すぐ腐ってしまいますからな。適切な処置が必要でござって」

しきりに自分の功を強調するが、ダリューンは聞き流した。

「では前半分は誰がやったことだ？　生きたシングを死んだシングにしたのは何者か」

「そ、それは、あの白髪のルシタニア人でござる。あやうい場面もありまして、私めも助《すけ》勢《だち》しようと思ったのでございますが……」

「ふむ、シングを討ったというのであれば、なかなかいい武芸《うで》だな」

当のドン・リカルドは、ダリューンの視線に応《こた》えて、首を横に振った。

「おれはそのシングとかいうやつを討ちとったわけではない」

「では誰がやつを討った？」

「シング自身だ。おれは傷を負わせただけだが、シングは自害した。正確なことはわからんのだが、チュルク国の将軍は、投降するのも捕虜になるのも許されぬらしい」

「それはどうやらたしかなことらしい。チュルクの穴熊は、どれほど善戦苦闘《ぜんせんくとう》しようとも、敗北した将を赦さぬというからな。つかえ甲斐《がい》のない主君を持つ身こそ哀れ」

そういって溜息をついたのはジャスワントである。四、五年前の自分を想い出したらしい。

「功を偸《ぬす》もうとせぬところが気に入ったぞ。おぬしにはいろいろ話を聞きたい。どうせ王都にいくことになるから、陛下のお許しをいただいて、一献《いっこん》かたむけよう」

ダリューンにそういわれて、ドン・リカルドはとまどい、ためらい、短く尋ねた。

「いいのか」

「何がだ」

「おれはルシタニア人だぞ」

その言葉が何を意味するか、パルス人なら容易にわかる。

「それがどうした。陛下の麾下《きか》には、シンドゥラ人もトゥラーン人もおる。ルシタニア人ひとりを容《い》れることもできぬほど、陛下の御心は狭くない」

ダリューンはすこし考えてつけ加えた。

「もっとも、ルシタニア人のなかで、ふたりだけ、生かしておけぬやつがいるがな」

ドン・リカルドは、黒衣の騎士が現在形を用いたのに気づいた。そのふたりについては、容易に心あたりがつく。ただ、ふたりのうちひとりがすでに地上から姿を消したという事実は、パルス人にはまだ知られていないのだ。

「ボダン総大主教は死んだぞ」

ダリューンの瞳がひろがった。

「それは確報か？」

「ああ、情況はよくわからんが、ギスカール殿下と長いこと抗争して、ついに殺されたそうだ」

「ほう、たがいに殺しあったか……」

つづく言葉を、ダリューンはのみこんだ。むろん、彼は、「おれがふたりとも討ちとってやりたかったのに」といいたかったのである。ただ、それを口にする権利は、パルス人のすべてにあるはずだった。

II

天幕から出てきたとき、アルスラーンの眼に涙はなかった。ダリューンもナルサスも、若い国王《シャーオ》の胸中に思いを馳せた点はおなじである。ただ、黒衣の雄将が、アルスラーンの自制心に感銘を受けたのに対し、好んで宮廷画家と称する智将のほうは表情をくらまし、彼自身の胸中をかくすように、エラムには思われた。泣くことを許されぬ立場もあれば、泣く暇をあたえられぬ境遇もあるのである。

アルスラーンは忠実な武将たちを見やってうなずくと、足を運んでドン・リカルドの前に立った。

「たのみがある」

「……おれに？」

「エステルのために、イアルダボート教の祈りをとなえてやってほしい」

「おれは、その、聖職者ではないし、俗人《ぞくじん》としても信心深いほうではなかった。それでもいいのかな」

「そなたが祈ってくれるなら、エステルも喜んでくれるだろう。私も、死んだときには、だいじな友に祈ってもらいたい」

「だいじな友」という一言が、ドン・リカルドの胸にひびいた。彼は国王《シャーオ》の視線を受けとめかねたように頭をさげた。

「では、つつしんで」

パルスにもイアルダボート教を奉ずる者たちはいる。マルヤム人である。だが彼らはルシタニア人とは宗派が異《こと》なり、祈りの句にも、死者を弔《とむら》う礼式にもちがいがあった。

ふたたびアルスラーンは天幕にはいり、今度は六人のパルス人とひとりのルシタニア人がそれにしたがった。死者と対面して、しばらくは沈黙があるのみだったが、何とか呼吸をととのえて、ルシタニア人が声を発した。

「神よ、彼女の魂に安らぎをあたえ、天国への門を開きたまえ」

ドン・リカルドは半ば口を開けたまま、つぎの語句をさがしたが、イアルダボート教の聖典からは適当な語句が思いあたらない。聖典が一冊、手もとにあれば探し出すことができるのだろうが、暗誦《あんしょう》するほどには通じていない。悩んだが、それも一瞬、声を張りあげて自分自身の言葉をつむぎ出した。

「エステル・デ・ラ・ファーノは、真の勇者であった。彼女の勇気は、道義をつらぬくこと、弱き者を救い助けること、このふたつにささげられた。そのために彼女は自分の身命《しんめい》を犠牲とし、しかもそのことに一片《いっぺん》の悔いも抱かなかった。地上のいかなる国においても、彼女は得がたき友人として迎えられたであろう。彼女に助けられた人々は、だれに強《し》いられることもなく、彼女に感謝し、彼女と知りあったことを喜び、語りぐさとするであろう。彼女の上に恩寵《おんちょう》のあらんことを！」

いい終えてから、ドン・リカルドは、自分のルシタニア語をだれも理解できないであろうことに気づいた。

「エステルは、良きルシタニア人だった」

静かなパルス語が聞こえた。

「同胞といっしょに埋めてやろう」

だれもアルスラーンに返事をしない。カーセムでさえつつましく沈黙していた。

「エステルは闘う力のない人々をエクバターナまでつれてきた。その人々は戦火に巻きこまれて多くが亡くなってしまったが、彼らをまとめて埋葬した墓地があったはずだ。そこに埋めてやろう……彼女を慕っていた人たちが、死後は彼女を守ってくれるだろうから」

「国王陛下」

パルス語の呼びかけだが、声を出したのはルシタニア人だった。ドン・リカルドは、ぎごちなく頭をさげた。

「不調法《ぶちようほう》いたしました。ついルシタニア語を使ってしまいまして」

「誠心《まごころ》がこもっていたことはわかる。それ以上もそれ以外も要《い》らない。ありがとう」

さらにドン・リカルドは頭をさげた。

エステルの死は何日も前から覚悟していたことであったが、想像していた以上にドン・リカルドには徹《こた》えた。ルシタニア語の祈りをささげたことで、ドン・リカルドは思い知らされたのだ。この土地で、彼とルシタニア語で会話できる相手は、もはやひとりもいないのである。パルス語での会話に、ほとんど不自由はない。だが、ルシタニアの貧しい山河をなつかしむにしろ、王弟ギスカールの悪口をいうにしろ、ドン・リカルドとおなじ言葉、おなじ風景を共有してくれる人はいないのだ。

「ああ、おれの人生はこれで一度、終わった。だが、振り向いてももう何も見えはしないのだ。前を見て歩いていけば、おなじ風景を見てくれる者がいるのだろうか……」

ふと気づくと、彼の左手をにぎる者がいる。それがパリザードであることは、温かさと、やわらかな力強さでわかった。

アルスラーンが、ルシタニア人騎士とその愛人を見つめた。

「ルシタニアへ帰りたいか？」

おだやかな声に、ドン・リカルドは、若い国王《シャーオ》の抑制を感じた。

「いや、もうルシタニアには未練はありません」

「そうか、ではあえて命令形でいう」

声とおなじくアルスラーンの瞳はおだやかで、だが、あらがいがたい力があった。

「今日以後、ドン・リカルドの名を棄《す》てよ。そして白鬼《パラフーダ》と名乗れ。ルシタニア人ドン・リカルドではなく、ルシタニア系パルス人パラフーダとして、わが軍の一員になるがよい」

思いもかけぬ台詞《せりふ》、であったろうか。

ドン・リカルドは、なぜか意外には感じなかった。アルスラーンの姿と声に、エステルの影がかさなったように感じ、当然のことを告げられたように思われた。

ダリューン、ナルサス、ジャスワントの三将が、無言でドン・リカルドを見守っている。

ドン・リカルドは呼吸をととのえたが、容易に言葉が出てこない。

「そうしなよ、あんた」

泣き腫《は》らした眼を愛人に向けて、パリザードがすすめた。

「エステル卿もそうしたほうがいいといってくれるよ、きっと」

「わかっている」

ドン・リカルドはアルスラーンを見返し、ゆっくりと慎重にパルス語を発した。

「エステル卿がご健在で、ぜひともルシタニアへ帰る、といわれたら、何万の敵にはばまれようとも、おれは随従《おとも》して旅をするつもりでした。ですが、エステル卿はそうおっしゃらなかった。国王《シャーオ》にお逢いしたい、と、ただそれだけを」

「………」

「おれの旅も、ここで終わりにします。おれが記憶をうしなったとき、パルスの人々はおれを助けてくれました。名前もくれました。パラフーダという名を」

パラフーダは地に片ひざをついた。

「ふつつかながら、このパラフーダ、エステル卿にかわってあなたにおつかえいたします」

III

エステル・デ・ラ・ファーノの死からひと月以上をさかのぼる七月十三日のこと。

パルス国の王都エクバターナにおいては、大陸公路諸国の歴史上、おそらく一、二をあらそうほど悪辣な謀議がめぐらされたのであった。この謀議に参画したのは、国王アルスラーン、副宰相《フラマート》兼宮廷画家ナルサス、大将軍《エーラーン》キシュワード、大将軍格《エル・エーラーン》万騎長ダリューン、侍衛長《ケシュタク》エラムの五人である。

「どうやらペシャワールは無事らしゅうございます」

いくつかの報告をまとめてキシュワードがいうと、うなずく国王《シャーオ》の顔を見ながら口を開いた者がいる。

「吉報を得たところで、陛下にお願いがございまして」

「ペシャワール城を放棄いたしたく、陛下の勅許《おゆるし》をいただきとうございます」

音のない雷鳴が、一同の頭上にとどろいた。たったいまペシャワールの無事がつたわったばかりだというのに、それを放棄するとは！

まじまじと宮廷画家を見つめて、アルスラーンはゆっくりと、真意を確認するように問いかけた。

「ペシャワール城を放棄する、つまりクバードの軍を王都に呼びもどすというのか」

「御意《ぎょい》」

「理由を尋《き》きたいな、ナルサス」

「もちろんでございます」

宮廷画家は、国王以外の三人を見わたした。だが、すぐには説明を開始しようとしないので、たまりかねたようにキシュワードが口を開く。

「魔軍の攻撃しきりで、遠からず一大決戦が予想される。その日にそなえて、王都にパルスの全兵力を集中しようということか」

「それもある」

「もったいぶらずに、さっさといえ」

「何か、ナルサス？」

うなり声をあげたのはダリューンだが、ナルサスは平然と若い国王《シャーオ》に説明をはじめた。

「ペシャワールは天下の要衝にして、兵家必争《へいかひっそう》の地。あの城を確保しておくのはパルス国にとって当然でございますが、同時に、そのためにパルス軍の戦略は選択の幅がせばまってしまう。それがじつは悩みの種でございました」

ペシャワールには一定の兵力をかならず配置しておかねばならないし、有力な将軍に指揮をとらせる必要もあった。アンドラゴラス王の時代には、バフマンとキシュワード、ふたりの万騎長を配していたし、アルスラーンの治世となってからはクバードとメルレインを駐屯させている。

「王都がクバード卿らの兵力を必要としても、すぐに呼び寄せることはできませぬ。逆に、ペシャワールへ援軍を送るにも、日数と準備を必要といたします。その一方、王都が敵手に落ちてもペシャワールが無事なら、そこを再起の根拠地とできるわけですが」

一同がそろってうなずく。ルシタニア軍の侵攻によって王都がうしなわれ、王太子アルスラーンがペシャワールに走ったのは、つい五年ほど前のことだ。

「もともと私は、ペシャワールの失陥を恐《おそ》れたことは一度もございません。あれだけの要害、まして守っておりますのはクバード卿。たやすく陥落するはずはなく、そのことはつい先日、万人の目に証明されました」

魔軍がペシャワールに襲来したことを指《さ》している。一同は深くうなずいた。

「私が恐れておりましたのは、魔軍がソレイマニエの街かモルタザ峠を強襲し、占拠してしまうことでございました。そのような事態になれば、大陸公路は遮断され、ペシャワールは孤立し、万余の精鋭は孤軍《こぐん》となって、むなしく立ちすくむことになりましょう」

ここでキシュワードが意見をのべる。

「ただ、その危険は最近かなり軽減されたのではないか。グラーゼ卿の船団が、じつに有効に動いてくれるからな」

「それがあるからこそ、この宮廷画家が何やら悪だくみをする余地ができたのだろう」

ダリューンが決めつけると、ナルサスは唇の片端だけで笑った。

「正直、このナルサス、今後ペシャワールをどうすべきか、考えあぐねておりました。そこでいっそ悩みの種のほうを消してしまおうと思いまして……」

いったん言葉を切って、ナルサスは微笑した。優雅なほど温和に。だが、それは地上でもっとも悪辣な微笑でもあった。

「魔軍、チュルク軍、そしてシンドゥラ軍。この三者に、空城《くうじょう》となったペシャワールをめぐって、盛大にあらそってもらおう。そのように考えた次第でございます」

ふたたび沈黙の落雷があった。アルスラーン、ダリューン、キシュワード、エラム、四人四様の視線がナルサスに突き刺さる。

「魔将軍《ガウマータン》イルテリシュは、クバード卿らによってペシャワール奪取の野心をはばまれました。前王アンドラゴラス陛下以来の因縁もあり、ペシャワールに対しては執念をたぎらせております。ペシャワールが空城であると知れば、たちどころに怪物どもを駆り立てて攻め寄せることでしょう」

「そこにシンドゥラ軍やチュルク軍がいてもおかまいなしか」

「ためらう理由がどこにある。イルテリシュにとって、シンドゥラ軍もチュルク軍も、自分の獲物を横どりしようとする敵にすぎぬ。遠慮なく鏖殺《おうさつ》するだろうよ。そうではないか、ダリューン？」

「たしかにな」

しぶしぶ黒衣の騎士が認めると、アルスラーンが発言した。

「ナルサス、私にはひとつだけ心配がある」

「ペシャワール城外の民が戦禍をこうむるのではないか。そう危惧《きぐ》しておられますな」

「お見通しだな」

「ご心配にはおよびませぬ。これから順を追って説明もうしあげます」

ナルサスの視線がエラムに向けられた。エラムは唾をのみこんだ。師の謀略の真髄を、全身で学びとらねばならない。

ナルサスがしかける罠の悪辣さは、相手に選択の余地をあたえぬ、という一点にあった。罠だろう、とは思っても、シンドゥラ国が手をこまねいていれば、チュルク国がペシャワール城を奪う。チュルク国が傍観《ぼうかん》していれば、ペシャワール城はシンドゥラ国の手に落ちる。

敵国にペシャワールをとられたときの実害と敗北感は巨大なものであり、そのような目にあいたくなければ、敵に先んじて兵を出すしかない。シンドゥラ国とチュルク国との利害は完全に対立しており、両国が共同してペシャワールを占拠することはありえないのだ。もし共同で占拠したとして、その後はどうするのか。どうせたがいに独占をはかり、決裂するしかないのである。

さらに、シンドゥラ国とチュルク国がぐずぐずしている間に、イルテリシュひきいる魔軍がペシャワールを強奪してしまったらどうなるか。魔軍は強大な根拠地を得たかに思えるが、じつはそうでもない。シンドゥラとチュルクは、魔軍の存在を知る。イルテリシュの存在も知れる。イルテリシュがうかつに根拠地を留守にすれば、シンドゥラ軍やチュルク軍が、将なき城におそいかかる。イルテリシュは城に縛られ、動きがとれなくなる。

さて、そこでペシャワール城外の民衆の件である。彼らに戦禍がおよんではならぬのは当然だ。だが、そもそも軍隊が民衆にあえて危害を加えるとすれば、理由は何か。

「ペシャワール城をよこせ。さもなければ、近辺の住民を殺戮《さつりく》するぞ」

という脅迫は、ペシャワールにたてこもるのがパルス軍であればこそ効果がある。シンドゥラ国もチュルク国も、ペシャワール占拠を恒久化しようと思えば、民衆を敵にまわすことはできない。ルシタニア軍のように、狂信に駆りたてられているわけではないのだから。


では魔軍の場合はどうかといえば、そうなったときにはグラーゼの水軍を使って民衆を避難させる用意はしておく。避難先がシンドゥラ領であってもよい、そのために芸香《ヘンルーダ》の農園をふくむ広大な土地を買いいれてある、という次第である。


ひととおり説明がすんだところで、ダリューンが問題点を指摘した。

「チュルク国王カルハナは曲者《くせもの》だぞ。そう易々《やすやす》と踊ってくれるかな」

「すぐには踊るまい。狐疑《こぎ》逡巡《しゅんじゅん》して、ようすを見るだろう。だが、そうしている間に、シンドゥラ軍はがらあきのペシャワール城を占拠してしまう。チュルク国はみすみす宝を敵の手に渡してしまうことになる」

「そうなれば部下の責任は問えないな。カルハナ王自身の失策だ」

「その屈辱に、カルハナ王が耐えられるかな」

「むりだな」

「耐えられないとすれば、カルハナ王は兵を動かしてペシャワール城を攻撃するしかない。チュルク軍とシンドゥラ軍のどちらが強いかは、判定するのがむずかしいが、ペシャワールの城壁に拠《よ》るかぎり、シンドゥラ軍のほうが有利だ」

「たしかにな。もしシンドゥラ軍が三万人の兵力で籠城《ろうじょう》すれば、チュルク軍は十万人で攻めなくてはならん。それだけの兵力がチュルクにはあるとしても、本国の守りが手薄になることは避けられん」

穴熊と呼ばれるほど慎重なカルハナ王だが、そこまで考えれば、シンドゥラ国の機先を制するほうを選ぶだろう。

今度はキシュワードが問う。

「だが、もし彼らがどちらも動かなかったら？」

「そのときはペシャワールは空城のまま。いずれ万事かたづいたら、粛々《しゅくしゅく》としてパルス軍が再入城するだけのことだ」

「わかった、ナルサス、そなたにまかせる」

かなり長いこと考えこんでいたアルスラーンが裁断した。他の四人が国王に向かって一礼する。頭をあげて、ダリューンが友人を見やった。

「しかし、よくまあ、そこまで悪辣なことを考えつくな。ほとほと感心する」

「ほめるのは後にしてくれ」

「おれは生まれてはじめての気分を、いま味わっているところだ」

「何だ？」

「ラジェンドラ王がすこしばかり気の毒になった」

「単なる気の迷いだ」

「そうだな」

と、パルス国の武将たちは徹底してシンドゥラ国王に対して冷たいのであった。

このようにして、万人を驚愕させたペシャワール城塞の放棄は決定され、実行にうつされたのである。

まず鷹《シャヒーン》の告死天使《アズライール》が遠路ペシャワールに飛んで大意をつたえ、ダリューンおよびジャスワントがメルレインとソレイマニエの街で最後の打ちあわせをおこなった。街にはエステル一行が雨のため足どめされており、思いもかけぬ魔軍の奇襲があって、ひと騒ぎがおこったという事の成りゆきであったのだ。

Ⅳ

さて、パルス国の武将たちにとっては想像しにくいことであるが、シンドゥラ国王ラジエンドラ二世には悩みもあれば迷いもある。

パルス暦三二五年といえばシンドゥラ暦三二六年にあたるが、七月から八月にかけて、ラジェンドラ王はそこそこ治績をあげていた。前国王以来、十年がかりの灌漑《かんがい》事業が半分、完成して、これまで荒野だった土地に一万戸の農家を入植させることになった。彼らの租税を三年間は免除する、と、ラジェンドラは布告して、農民たちの感謝を受けた。東方では国境を荒らすモン族を討伐して、その副首長の首をあげた。

内外に吉報を得てご機嫌なラジェンドラ王であったが、七月も半分が過ぎたころ、彼の朝食の席に奇怪なものが持ちこまれたのだ。持ちこんだのは大臣のナタプールである。

「これでございます。この奇怪な死体が、カーヴェリー河を流れてまいりまして、漁師の網にひっかかりましたので」

ラジェンドラが見せられた死体は、たしかに奇怪なものだった。

最初に目につくのは二枚の翼で、鳥かと思われたのだが、それにしても大きい。人間とさほど変わらない。また、鳥なら二本の肢《あし》があるだけだが、この死体の肢は四本で、しかも前肢は人間の手によく似ていた。頭部を見れば、鳥と異《こと》なり、嘴《くちばし》はなくて猿に似ている。左右の眼球は魚に喰われたものか、深い空洞になっていたが、口のなかには針のような歯が並んでいる。背中と腹には大きな傷があった。

ラジェンドラは眉をしかめた。死体の外見も不気味だし、ただよう悪臭にも辟易《へきえき》したのである。食欲をうしなって、ラジェンドラは匙《さじ》を下においた。

「いったい何だ、これは」

「それがわかりませぬ。よって陛下のご高見《こうけん》をうけたまわろうと」

「おれとて知らぬわ、こんな化物《ばけもの》。見たことも聞いたこともない。これがカーヴェリー河を流れ下ってきたこと、まちがいないのか」

肯定の返事を聴きながら、ラジェンドラは記憶をさぐった。

「先日、パルス領のペシャワール周辺で戦いがあった。そう報告があったはずだな」

「さようで、陛下」

「だが、チュルク軍が動いたようすはない、ともいう」

「さようで、陛下、国境はいたって静穏でございます」

「けっこうなことだ。だが、そうすると、いったいどこの軍隊がペシャワール城を攻撃したのだ。パルス国内の叛乱勢力か？　旧王室の復活をたくらむやつらがいたとして、ペシャワールを攻撃するほどの兵力をかかえておるのか。それとも、まさかこの化物が群れをなして……」

ラジェンドラは首をひねったが、結論は出なかった。考えこむシンドゥラ国王に、ナタプールがおうかがいをたてる。

「この死体、いかがいたしましょうか」

「どうしたらいいと思う？」

「陛下の御意のままに」

「では、お前の屋敷の玄関に飾っておけ」

ナタプールは狼狽した。

「へ、陛下、わが家の玄関は狭《せも》うございまして……」

「真《ま》に受けるな、冗談だ。こんな気色《きしよく》の悪いもの、棄ててしまえといいたいが、後日、何かの証拠として使えるかもしれんな。よし、火で焼いたあと、骨だけ棺《かん》に納めて保管しておくとしよう」

「どこに保管いたしましょうか」

「お前の屋敷に決まっておる。地下室でも倉庫でもかまわんが、責任を持って保管しろよ」

ナタプールがなさけない表情《かお》をしたので、ラジェンドラはすこし食欲をとりもどした。だがどうもおちつかない。食事をすませると、立ちあがって室内を歩き出した。

「何かがおこった、ということは、わかりきっているのだ。問題は、何がおこったのか、ということだ」

ラジェンドラは五歩ばかり右にあるき、踵《きびす》を返して七歩ほどあゆんだ。天井を見あげ、床に視線を落とし、髪をかきまわし、あごをなで、両手を腰の後ろで組む。

「ええい、わからん。こういうときには、他人の意見を聴いてみることだ。もう一度ナタプールを参内《さんだい》させよ」

十人ばかりの高官を、ラジェンドラは招集した。ナタプールの口から説明させ、ひとりずつ意見をいわせてみる。もともとたいして期待してはいなかったのだが……。

「何かがおこった、ということは、わかりきっております。問題は、何がおこったのか、ということでございます」

「そんなことはわかっておるわ、役立たずどもめ」

ラジェンドラは高官たちを追い出し、またひとりで首をひねらなくてはならなかった。

好きこのんでのことではないが、ラジェンドラは異母兄弟を死なせて王位に即《つ》いた。国内が分裂抗争するのは避けたいのだ。だから人材を登用するにも、才気が鋭く尖《とが》って他人と協調することができないような者は避けた。まず忠誠心と従順さとで選ぶようにしたのである。考えるのは自分ひとりでいい。そう思っていた、これまでは。

「しかしこれでは、苦労するのはおれひとりということになってしまう。どうも割にあわん話だ。国王というものは、苦労を臣下に委《ゆだ》ねて、民と愉《たの》しみをともにするものではなかったかなあ。もっと楽をさせてくれよ」

隣国パルスの武将たちが、ラジェンドラの心の声を聴くことができたら、「これ以上、楽をする気か」と怒るにちがいない。そんなことはラジェンドラの知ったことではなかったが、ひと月ほどが無難にすぎた八月下旬のこと。

ラジェンドラ陛下は貴族の相続をめぐるめんどうな訴訟《そしょう》をひとつ処理し、疲れはててご休息あそばされていた。

「ああ、おれは地上で一番、苦労をしているのに、誰ひとりそのことをわかってくれぬ。王者というものは、まことに孤独で寂しいものなのだなあ」

その考えがとても気に入ったので、しばしの間ラジェンドラは甘美な自己憐憫《れんびん》の心境を愉《たの》しんだ。自分が死んだら墓石には「ラジェンドラ苦労王」と刻《きざ》ませよう、後世の民衆はそれを見て、「お気の毒な王さま、こんなに苦労なさって」と同情の涙を流してくれるだろう……。

「陛下、陛下」

涙とは縁のない明るい声がして、紗《しゃ》の帳《とばり》の向こうでしなやかな人影が動いた。

「何だ、うるさいぞ」

ラジェンドラは口からこぼれた涎《よだれ》をふいた。いつのまにか眠ってしまったらしい。

「大臣がたが広間でお待ちでございます」

「ああ、わかったわかった。夜も眠れんほどいそがしいから昼寝しようとしていたのに、それもさせてもらえんとは、国王とはみじめなものだ」

苦労王ラジェンドラ二世は、銅貨一枚も必要としないつましい遊びを中断すると、謁見用の広間へと足を運んだ。歩く姿に左右から侍女たちが寄りそい、冷水にひたした綿布《めんぷ》で王さまの顔をふいたり、口をゆすぐ香料入りの水を差し出したりする。

玉座に着くと同時に、ラジェンドラはいやみをいった。

「どうせ一大事だというのだろう。国王に昼寝もさせんのだからな。いったい何だ」

「正真正銘《しょうしんしょうめい》、まことに一大事でございまして」

「ふん、それで？」

「ペシャワール城が……」

「ペシャワールがどうしたと申すのじゃ。火災でもおきて騒いでおるのか」

「空《から》でございます」

「何が空だって？」

「ですから、ペシャワール城が！」

高官たちがいっせいに声を高める。ラジェンドラも完全に目がさめた。玉座にすわりなおして報告を聴く。複数の諜者《ちょうじゃ》たちによる緊急の報告だという。

「門扉《もんぴ》は開け放たれ、将兵の影もなく、人馬の声もせず、無人で静まりかえっております。まるですべてが死に絶えてしまったかのようで……」

聴きながらラジェンドラが想い起こしたのは、猿とも鳥ともつかぬ怪物のことであった。怪物の出現とペシャワール城の異変とは、何か関係があるのだろうか。

「だが、城の防備をかためるというならともかく、逃げ出すとはどういうわけだろう。パルス人ども、何かよからぬことをたくらんでいるに相違ないが、それにしてもまるで見当がつかん」

ラジェンドラが考えつづけていると、高官たちが口々にいいたてた。

「陛下、これは思わぬ好機ではございますまいか。ペシャワールは天下の要衝、それをパルス軍が放棄したといたしますれば、これは天なる神々がペシャワール城をわがシンドゥラ国に賜《たま》わったものではございますまいか」

ラジェンドラは即答しない。

「そんな甘美《うま》い話が、この世にあるか」

ラジェンドラは、小さな陥《おと》し穴を跳《と》びこえた直後、大きな陥し穴に墜《お》ちる、という経験を何度もしてきた。すこしは用心深くもなろうというものだ。

ペシャワールを手に入れる。シンドゥラ国にとっては、いささかおおげさにいえば、建国以来ずっと熱望していたことである。大陸公路の要衝をおさえ、東西交易の権益を飛躍的に増大させることができるのだ。さらには、カーヴェリー河の西岸を確保することで、カーヴェリー河全体の水利や水運を独占することができる。チュルク国にとっての海への出口をおさえ、チュルク国の船が河を航行しようとすれば、莫大《ばくだい》な通行料を取りたてることもできる。よいことずくめだ……。

そこまで考えて、ラジェンドラは愕然《がくぜん》とした。チュルク国と敵対関係にあることを想い出したのだ。

「待てよ、チュルクにとってもペシャワールは渇望《かつぼう》の土地だ。もしチュルク軍が南下してペシャワールを制圧すれば、大陸公路を遮断してしまうことができる。東西交易の商人どもから莫大な通行税を取り立てることができるし、カーヴェリー河を経由して海への出口を確保することもできよう。まずいまずい、カルハナめにこのことを知られたら、大軍を動員して出撃してくるかもしれんぞ」

チュルク軍が南下してカーヴェリー河流域を侵《おか》したら、「友情の証《あかし》」として、パルス軍に出兵を要請するのが、ラジェンドラのこれまでの常套《じょうとう》手段である。だが、今回そういうことをしたら、せっかく空城となったペシャワールに、ふたたびパルス軍がもどってくるのではないか。そうなれば、シンドゥラ国はみすみすペシャワール占拠の好機を逃してしまう。

ラジェンドラはペシャワールに対して不純な野心がある。そこを的確に衝《つ》かれてしまった。ラジェンドラには、一見《いっけん》、いくらでも選択の余地があるように思われる。それこそが「毒酒のひと口めは甘い」というやつなのだ。

「罠《わな》だ、罠に決まっておる」

ラジェンドラは腕を組んだ。

「あの狡猾《こうかつ》なパルス人どもが、無料《ただ》でペシャワールを手放したりするものか」

組んだばかりの腕をほどく。

「だが、こうやって逡巡《しゅんじゅん》しておるうちに、チュルク軍が出撃して、ペシャワール城を占領してしまったらどうする？　大陸公路は分断され、チュルクは海への出口を手に入れてしまう。そうなってから悔いても遅いぞ」

高官たちが口々にさえずりはじめた。

「陛下、ご決断を」

「ペシャワールへの出兵をお命じください」

「パルス軍がかってにペシャワールを放棄したのでございます。わが国が力ずくで奪うことにはなりませぬ」

「パルス軍に代わって、わがシンドゥラ軍がペシャワールを守ってやるのですから」

「だいたい、わが国に一片《いっぺん》の通告もなくペシャワールから撤退するなど、パルス軍の行動こそ信義に反しますぞ」

「まず一万ばかり兵を出して、ようすを探ってみてはいかがでございましょう」

ラジェンドラは目を閉じた。

「兵力を逐次《ちくじ》投入するのは、愚者のおこないだ。いっそ五万以上の大軍をもって、一気にペシャワールを占拠してしまおうか。チュルク軍と衝突することになっても、その前にペシャワールを占拠してしまっておけば、断然こちらが有利だしな」

ラジェンドラの脳裏で、いくつもの思案が火花を散らした。

いつもならラジェンドラの軽挙《けいきょ》をおさえるはずの高官たちが、いま興奮して国王の決断をうながす。「ペシャワール放棄」というパルス軍の奇手《きしゅ》は、それほどシンドゥラ人たちの平常心を奪ったのであった。

V

ペシャワールの放棄は、パルス全兵力を王都エクバターナに結集するという大戦略の一環であった。これにともない、パルスの有力な将軍たちもすべてエクバターナへとあつまってくる。

エクバターナ西北方で巡察と兵士募集をおこなっていたイスファーンとジムサも、アルスラーンに前後して王都へ帰還した。いつのまにやら王都から姿を消していたギーヴも、いつのまにやら帰ってきて、国王《シャーオ》からの呼び出しがあるまで妓館《ぎかん》に滞留している。

トゥースと三人の妻が、グラーゼの指揮する船団の客となってペシャワールを離れたのは、七月八日のことである。

この時季、海上の風は東か東南から吹く。西へ進む船旅には絶好の条件だ。

「いそげばギランまで七、八日で着くが、途中でいろいろやることもあるのでな。ま、二倍の日数はかかるだろう。せいぜい船旅を楽しんでくれ、トゥース卿」

「何かてつだうことはないか、グラーゼ卿」

「ないなあ。こういっては何だが、水夫たちのじゃまさえしないでいてくれたら充分だ」

海へ出たその日の午《ひる》、トゥースは三人の妻たちにいった。

「お前たちは元気でいいな」

皮肉ではなく、羨望《せんぼう》である。パルス屈指の勇将も、波という変幻自在の敵には手も足も出ない。ひそかに恐れていたことが事実になって、トゥースは船室で床についたきりになってしまった。

「トゥースさまのお世話は、わたしがするから、クーラとユーリンは、グラーゼ卿の部下がたに船内を案内していただきなさい」

「あら、パトナ姉上はトゥースさまを独占するおつもり？　交替で看病いたしましょうよ」

看病といっても、することは何もない。トゥースもひとりで寝ているしかないので、三人の妻たちを自由にさせた。この勇将は、陸路をとらなかったことをひたすら後悔している。

ヨーファネスをはじめとする海の男たちは、おおむね陽気で話術がたくみである。海上での無聊《ぶりょう》をなぐさめるため、歌やら笛やら踊りやらもうまい。また、愛玩《あいがん》のため小動物鸚鵡《おうむ》を船上で飼っている例も多く、ユーリンをよろこばせたのは、シンドゥラ国で買われた鸚《おう》鵡《む》であった。

トゥースたちはグラーゼの旗艦「光の天使《マレケ・ヌール》」に乗っていた。本来なら三百人は乗れるというが、定員を二百四十人におさえて、そのぶん居住性をよくしてある。帆柱は大小二本、船首と船尾が鋭く突き出していた。帆布《はんぷ》は亜麻《あま》を中心に、ナツメヤシの葉皮や牛皮を細長く切って織りこんである。

三層の楼に弩《おおゆみ》がすえつけられ、船の窓すべてに絹の国《セリカ》南方産の竹を編んだ覆《おお》いがつけられている。錨《いかり》は四角錐の大理石で、太い綱を穴に通してあった。

「太い竹を縦横に組みあわせると、投石器の石弾すらはね返すそうですよ、トゥースさま。細い竹を編んだものでも、矢を通さないのですって。いろんな工夫《くふう》がしてありますのね」

「そうか、たいしたものだなあ」

体調さえ普通なら、トゥースも武人としておおいに興味を持つところだが、寝台に横たわったまま、蒼《あお》い顔で息たえだえにうなずくばかりである。

「あなたたち、遊んでばかりいてはだめよ。トゥースさまのかわりに、船や海のことをきちんと学んでおきなさい。いつかトゥースさまが軍船を指揮なさる日が来ないとはかぎらないんですからね」

パトナが妹たちに告げると、末妹のユーリンが目をみはった。

「まあ、姉上、それはトゥースさまにとってもパルス国にとっても不幸ですわ！」

夫の威厳など海風に吹きとばされ、水平線の彼方《かなた》へ消えてしまうような情況である。それでもトゥースの妻たちは好奇心いっぱいで船内を見てまわり、さまざまなことを尋ねまわった。水夫たちは彼女たちを歓迎し、尋ねられたことには何でも答える。

ついにはグラーゼが苦笑した。

「これはこれは、トゥース卿があぁも船酔いに弱いのでなければ、奥方たちに船団を乗っとられてしまうぞ」

二番めの妻クーラは、とくに資質にめぐまれているようで、航海初日に帆柱への上りかたを教えてもらうと、二日めには帆柱のてっぺんに上りきり、三日めには帆柱上りの船内競争で二位になって、拍手と歓呼《かんこ》の嵐をあびたのであった。

こうして七月二十五日、グラーゼの船団はギランに入港をはたした。

すでにギランでは歓迎の準備がととのっていた。何十艘《そう》もの小舟が海へ出て船団をむかえ、にぎやかな音楽が湾内をみたす。着飾った女たちが船上の水夫たちに向かって花や果物を投げつける。

船団のほうでは、絹の国《セリカ》渡来の花火を何発か打ちあげた。本来は信号として使うものなので、たいして華麗ではない。だが、トゥースの妻たちにとっては生まれてはじめて見るもので、彼女たちをたいそう喜ばせた。

「七日間はここで休息できるからな。トゥース卿と奥方たちには、ゆっくりくつろいでいただこう」

「いろいろとお心づかいいただき、かたじけない」

蒼い顔でトゥースは感謝した。

上陸して、ゆるがぬ大地を踏みしめると、トゥースの全身に生色《せいしょく》がよみがえった。第一歩はいささか危なっかしく見えたが、二歩めで体勢をととのえ、三歩めで背筋《せすじ》がまっすぐ伸び、四歩めはもはや威風堂々たるものだった。だれがどう見ても、武勲《ぶくん》にかがやく勇将である。彼は三人の妻とともに客館《かっかん》にはいり、ひさしぶりに、揺れることのない眠りをむさぼった。

グラーゼは、腹心のルッハームとヨーファネスをギランにとどめ、船団と兵士たちの監督をまかせることにした。今後の件に関しても、こまごまと指示し、文書にして委《ゆだ》ねる。彼自身はトゥースとともに陸路を北上して王都エクバターナへと向かった。

馬に車、それに徒歩で、三千人の隊列は街道を進んだ。船上にいたころとはまったく別人と化したトゥースが陸路の指揮をとり、旅は平穏に日をかさねた。

ただ、一日行程ごとに、小さいが堅固そうな陣地や狼煙台《のろしだい》の構築がすすめられているのが目についた。折りたたみ式の屋根がつき、いくつもの弩《おおゆみ》が仰角《ぎょうかく》にそなえつけられている。空からの攻撃にそなえているのだ。

パトナ、クーラ、ユーリンらは、空に鳥の影が見えるたび、馬上で弓をにぎりなおさずにいられなかった。

八月十七日、トゥースやグラーゼたちは王都エクバターナへ入城した。大将軍キシュワードが城門まで彼らを迎えに出た。再会をよろこび、グラーゼやトゥースと馬上で握手をかわす。ただ、表情にはわずかながら憂色《ゆうしょく》があった。

「陛下は、いまご不在でな。いや、二、三日のうちに還御《かんぎょ》なさるゆえ、案ずるにはおよばぬ。まず、旅装を解かれるがよい」

アルスラーンはエステルと逢うため王都を出て、まだ帰っていなかったのである。トゥースもグラーゼも、王都に自分の邸宅をかまえているから、帰宅して旅装を解いた。その夜は大将軍キシュワードが宴を開いて彼らの労をねぎらった。

八月二十日。国王《シャーオ》アルスラーンは王都エクバターナに帰還した。

それは葬列でもあった。ルシタニアの女騎士《セノーラ》エステル・デ・ラ・ファーノの遺体は簡素な木製の柩《ひつぎ》に納められ、ダリューンとパラフーダに左右を守られて城門をくぐった。

「ああ、あの騎士見習いが死んだのか。元気な娘だったがな」

トゥースは、この沈毅《ちんき》な男なりに感慨を抱いたようである。エステルがパルス軍の捕虜《ほりょ》となり、「さあ殺せ」と騒いだとき、たしなめたのはトゥースであった。三人の妻はエステルを知らないが、話を聞くと、涙ぐんで、ルシタニアの女騎士を悼《いた》んだ。数日後、トゥースは三人をつれて弔問に訪れた。

クバードとメルレインにひきいられた一万騎が王都の門をくぐったのは八月二十七日。まず大将軍キシュワードが彼らを迎えた。地位からして当然とはいえ、この月のキシュワードはすっかり出迎え役である。

「さすがにクバード卿、兵を移動させるのが迅速だ」

賞賛されたクバードは、馬上で大将軍と挨拶をかわして一笑した。

「一日も早く陛下の尊顔《そんがん》を拝し、ついでにエクバターナの美女たちと佳《よ》き季節を愉《たの》しむつもりで、馬をいそがせてきた。血と砂の匂いより、花と酒の匂いがよいさ」

笑顔で応じて、キシュワードは告げた。

「クバード将軍麾下《きか》の一万騎には、三日間の休息と、ひとりにつき三枚の金貨を。陛下のご配慮である」

兵士たちは歓呼をあげた。気前のよい王者は、兵士にも民衆にも好まれるものである。

まして、クバード麾下《きか》の兵士たちは、パルス全軍のなかで、この二ヵ月ほどの間、もっとも苦闘してきた者たちだ。王都に家族を置いてきた者もいる。苦闘を報われた喜びは大きい。

ただちにクバードはメルレインとともに王宮へ参内して、国王《シャーオ》アルスラーンと再会した。

「クバード卿、メルレイン卿、よく来てくれた」

「陛下のおおせとあらば、千ファルサングの道もいといませんぞ。まして辺境から王都への旅でござれば、一日ごとに近づくのが愉しみでございました」

「しばらくはゆっくり休んでくれ。ペシャワールでの話も聴かせてもらいたい。メルレイン卿は妹御とひさしぶりに逢うのだな」

メルレインは無言で一礼した。

クバードはメルレインからエステルのことを聴いている。だが、アルスラーンの前では一言も口にしなかった。

クバードは自分の邸宅にはいる。メルレインは王都内に自宅がなく、妹の家に泊まる。それはアルフリードひとりには大きすぎる邸宅だが、王都におけるゾット族の公館という性格を持っているので、いつも何人かのゾット族の男女が滞在しているのだった。

妹と対面すると、メルレインはすぐ人払《ひとばら》いして、いきなり問いかけた。

「で、どうだ、宮廷画家どのとはもう、いい仲になれたのか」

アルフリードは赤面した。

「まったく、兄者はどうしてこう身も蓋《ふた》もないんだろうね。ナルサスにも、あたしにも、いろいろつごうがあるんだよ」

「ということは、まだ何もないわけか」

メルレインは微笑のかけらさえ浮かべない。運ばれてきていた柘榴《ざくろ》の果汁を、まずそうにひと口飲んで話をつづけた。

「場合によっては一服盛ってでも、お前の想いをとげるんだな。早いほうがいいぞ」

「ちょ、ちょっと、兄者、何を不穏なことをいってるのさ」

妹の狼狽を、兄は無視した。

「ナルサス卿に妻子がいるなら、お前にあきらめろというが、そうではないのだからな。何の遠慮がいる。だいたい遠慮などしている場合ではないぞ。考えてもみろ」

厳粛というより、こわい表情《かお》で、メルレインは妹をにらんだ。

「ペシャワールを放棄して王都に兵力を集中させるなど、常識で考えられることか。おれやお前などに想像もできんような事態が、遠からずおこる。たとえ太陽が西から昇《のぼ》ってもおどろくなよ、アルフリード」

アルフリードは笑いとばそうとしたが失敗して、しかたなく答えた。

「兄者の予言はよくおぼえておくよ」

メルレインはかるく肩をすぼめた。

「予言じゃない、忠告だ。予言は外《はず》れるに決まってるが、忠告ってやつはときどき的中《あた》るもんだ」

VI

紅い僧院《ルージ・キリセ》からついにエクバターナへやってきたカーセムも、王都に家はない。「伯父上《おじうえ》」こと宰相ルーシャンの邸宅に泊まることを、かってに決めている。王宮内をうろつきまわって、ようやくルーシャンの姿を見つけ、駆け寄った。

「伯父上、伯父上、カーセムでございます。あなたさまの甥《おい》のカーセムでございますよ」

カーセムが宰相ルーシャンの甥というのは、誇称《こしょう》もいいところで、じつはルーシャンの妻の兄の後妻の父の弟の息子である。といっても、正確なことはルーシャンも記憶してはいない。漠然と、「妻の一族」と思っているだけだ。

「おお、息災《そくさい》であったか」

しかたないのでそう応《こた》えると、カーセムはうやうやしく礼をほどこした。

「伯父上のおかげをもちまして、王都へ帰ることがかないました」

「わしは何もしておらぬが……いや、このたびは手数をかけたようだな。国王陛下も、そなたの功績を嘉《よみ》しておられる」

「ま、まことでございますか」

「そなたに何ぞあたらしい仕事をあたえてやるように、との御諚《ごじょう》でな」

「ああ、ありがたき幸せ」

「どうじゃな、紅い僧院《ルージ・キリセ》であったか、そこの代官職《ザーベト》というのは」

カーセムはうろたえた。またあの田舎町《いなかまち》にもどるのでは、苦労した甲斐もない。

「伯父上、もうあの町でやることはございません。ぜひ王都で働かせていただきたいのですが」

「たいして高い地位は空《あ》いておらぬぞ」

「どれほど低くてもかまいませぬ。つねに最善をつくしますので、何とぞおはからいください」

「では、どうじゃ、そなたがルシタニアの女騎士と同行したのも何かの縁。彼《か》の女騎士の墓をつくる責任者が、まだ決まっておらぬ。そなた、やってみないか」

墓づくりとは、あまりに地味で見栄《みば》えのしない仕事だ。そう思って、カーセムは落胆《らくたん》したが、贅沢《ぜいたく》はいえない。

「はい、ぜひ、その任は私めに」

そう答えて、深々とおじぎをした。

八月二十一日。

女神官《カーヒーナ》ファランギースと女神官候補落第生のアルフリードは、つれだってエステルの柩《ひつぎ》に弔意《ちょうい》を表しにいったのだが、柩の傍にひかえているパリザードに挨拶しようとして、思いがけない発見をした。

「ファ、ファランギース、あれ……？」

「あの娘がしている銀の腕環であろう？」

「そ、そうだよ、あれはレイラがはめていたのとおなじ腕環だ。まちがいないよね？」

「たしかに、わたしにもそう見える」

形式どおり弔意を表すと、ふたりは奥の間に通され、そこで低声《こごえ》の会話をかわした。

「ナルサスやダリューン卿は、あの腕環を見て気づかなかったのかな」

「彼らは実物を見ていない。不審に思っても、確信にまではなるまい」

「このことを知らせる？」

「いずれ」

と、ファランギースは慎重である。ふたりとも、弔意を表したらすぐに辞去するつもりだったが、そうもいかなくなった。

「もしかして、あのパリザードという娘が、王太后の実子かもしれないわけだよね」

「まあ、腕環だけで決めるわけにはいかないが……」

「レイラとパリザードは、たがいの存在を知っているんだろうか」

「ふたりいるわけじゃ、旧王家の血を引く可能性のある女が……いや待て、こうなると、ふたりだけとはかぎらぬぞ」

「え、もっといるというの⁉」

アルフリードは目を瞠《みは》り、「まさか」といってつい笑い出した。美しい女神官《カーヒーナ》も苦笑したようだが、ふたりともすぐ表情を引きしめる。

「双生児《ふたご》だの三つ児だのという話ではない。おそらく、後になって調査する者があらわれたら、それを惑わせるための細工《さいく》であろうな。それだけ細工をするということは、裏面の事情がそれだけ重いということじゃ」

アルフリードは憮然《ぶぜん》とした。

「陰険なこと考えるやつがいるもんだねえ。いったい誰がそんなことを？」

「当時の王室や神官たちであろう。そなたのナルサス卿に、さりげなく相談してみたらどうかな」

奥の間の円卓に茶や星型パン《チャンガーリー》や米粉菓子《ハルワ》などが並んでいるが、ふたりとも手をつけない。甘いものを食べる気分になれないのだ。

「ナルサスはここ数日、えらく気むずかしい表情《かお》で何やら考えこんでるのさ。気むずかしい表情も、ナルサスの場合はいいけどね」

「そうか」

あっさりとファランギースは年少者の初歩的なのろけを聞き流した。儀礼的な弔問に来て、妙なものに出くわしたものだ。

奥の間にパリザードがあらわれて、弔問に対する謝礼を述べた。アルフリードのほうが年長なのだが、パリザードのほうが女性として成熟し、おとなびた印象である。豊満な身体つきも、そういう印象を強めた。

何となくアルフリードは圧倒され、ファランギースの挨拶がすむと、性急に話しかけてしまった。

「あんた、いい腕環をしてるね」

弔問客らしからぬ発言であったろう。パリザードはそっけなく応じた。

「悪いけど、あげるわけにはいかないよ」

「失礼した、そういう話ではないのだ」

ファランギースがなだめた。すぐに気づいて、アルフリードも頭をさげる。

「場所もわきまえずに、悪いことといったね。ただ、いい腕環だと思ってさ。あたしは父親から細工品の良し悪《あ》しを見分ける方法をたたきこまれたもので、ついね」

「へえ、親父さんは宝石商か何かだったの？」

「まあそんなものだよ」

正確にいうと、売るだけで、買うときは無料《ただ》で手に入れていたのだ。

話すうちにパリザードは機嫌をなおしたが、自分の腕環に関しては、ほとんど何も知らなかった。

パリザードは、自分が天涯孤独だと信じていた。レイラの存在を知ったら何というやら、アルフリードには想像もつかない。この件をナルサスに報告する時機について考えながら、ファランギースとともに辞去したのである。

ダリューンもあらためてエステルの弔問におとずれ、パラフーダやパリザードと会話をかわした。パリザードがかつてザンデの愛人だったことも、はじめて知った。

「そうか、ザンデはやはり死んだか」

　これで以前の消息が完全に確認されたことになるが、ザンデの愛人がミスルからマルヤムを経由してパルスに帰って来るとは、ナルサスでさえ想像できることではない。

　さらに、ダリューンは、パルス国にとって重大な情報をすでに得ていた。

「パラフーダの言によれば、ギスカールがマルヤム国王となり、教皇と称していたジャン・ボダンは死んだそうでございます」

　と報告したときには、アルスラーンもナルサスもキシュワードも大きくうなずいたものであった。かつてパルス国を侵略し、建国以来の惨禍をもたらした巨魁《きよかい》ふたりのうち、一方がついにいなくなったのだ。ギスカールを捕虜としながら、生かして放逐《ほうちく》したのは、ボダンと噛《か》みあわせるためであったが、それが実ったことを、ようやく確認できたわけである。

「あのふたり、パラフーダとパリザードは、情報の宝庫だ。厚遇して、できるだけ多くの情報を引き出せ。いや、だましてというのではない。率直に、礼儀ただしく教えを乞《こ》えばいい」

　ナルサスは諸将に指示した。クバードとメルレインが合流したので、パルス国の有力な武将はすべて顔をそろえたわけだが、彼らに対してナルサスはつぎのような見解を述べた。

「ギスカールは悪党だが、愚か者ではない。マルヤム国内の体制をかためるのに、数年間は専念するだろう。でなければ、今度こそすべてをうしなう。マルヤム国に対しては、過度に警戒しなくてもよさそうだ」

ミスル国におけるヒルメスと、ほぼ同一の結論を出したのであった。ギスカールを盟友として信頼する者はいないが、計算高い利己主義者として評価する者はいる。「あいつは損になることはしない」というわけである。

王宮や大将軍邸を舞台として、ひさしぶりに諸将の会合や訪問がおこなわれた。クバードは口では酒がどうの女がどうのといいながら、もっとも消息に飢えており、ナルサスを訪ねて質問をかさねた。

「先日、ソレイマニエが魔軍に攻撃されたというが、指揮していたのはイルテリシュだろうか」

「どうかな」

「魔軍《やつら》としてはいい狙いだと思うが」

「狙いとしては悪くない。というより当然のことだ。だが、実行の手際《てぎわ》がいかにも悪い。イルテリシュなら、もうすこしうまくやるだろうよ」

「たしかにな、火を放って街を焼くなら、雨がやむのを待つだろう」

そういってから、クバードはすこし考えた。

「中途半端に攻撃して失敗したら――現に失敗したが、警戒されるだけだからな。とすると、イルテリシュの知らぬところで、何者かがかってに動いたということか」

クバードが問いかけると、ナルサスはうなずいた。

「おそらく、イルテリシュ以外にも魔軍には指揮する者がいるということだ。そしてそやつはイルテリシュほど用兵の経験がないし、たぶん統率力もない。しかも、反撃されると、あわてふためいて逃げ出す」

「与《くみ》しやすいということか」

ナルサスは肩をすぼめた。

「それが、あながちそうもいえぬ。イルテリシュは歴戦の将であり、戦理《せんり》にしたがって動く。つまり、その行動をきちんと分析すれば、意図を読むことができるのだ。ところが、思いつきやはずみで行動されると、意図を読むのがかえってむずかしい」

「宮廷画家どのでも、絵具のまぜぐあい以外に、むずかしいことがあるか」

笑ってクバードはナルサスのもとを辞し、その足でキシュワード邸を訪れた。

ちょうどグラーゼ、イスファーン、ザラーヴァント、ジムサ、トゥースが来訪中であった。酒席の話題は当然、軍事に関することである。

Ⅶ

「死守すべきは、エクバターナとギランとを結ぶ南北軸か。現在、ギランを海上からおびやかす勢力はないから、その点は安心できるな」

「イルテリシュもトゥラーン人として兵略の限界がある。どうしても海上にまで注意がおよばぬ」

「海上を航《ゆ》く船が、魔軍によって空から攻撃される可能性は？」

その懸念《けねん》に対しては、パルス海上武装勢力の代表であるグラーゼが、自信を持って回答できるのだった。

「航路を南寄りにして陸地から離れるようにする。一日か二日、航海の日数が増えることになるが、それだけで充分、対抗策になる。鳥面人妖《ガブル・ネリーシャ》にしろ有翼猿鬼《アフラ・ヴイラーダ》にしろ、どこまでも果てしなく飛べるわけではない。海上では、翼を休める場所もないからな」

「なるほど」

「また、現在のところ、海上で怪物どもにおそわれたという話もない。あれば、かならず、おれのもとに報告があつまるし、それはすぐ陛下におつたえする」

「海は広い。海中に、蛇王の眷属《けんぞく》がひそんでおる可能性はないか」

「さあてな。人喰い鮫《ざめ》やら大章魚《おおだこ》やら、島みたいに大きな鯨とか、そういうやつらにはよく出くわすが、蛇王から給金をもらっているやつはいないようだな」

グラーゼの冗談で笑声がおこった。トゥースの場合は苦笑だったが、海にも船にも自信のない武将たちはグラーゼをたよりにするしかない。

笑いをおさめてイスファーンがつぶやいた。

「陛下にも、笑っていただきたいものだな」

「そうだな」

短く答えたのはジムサで、「こまかいの《オフルール》」が運んできて差し出した米粉菓子《ハルワ》を、しかたなさそうにつまんでいるのだった。

ルシタニアの女騎士《セノーラ》エステル・デ・ラ・ファーノの葬儀は、ひっそりと、ごく簡素にすまされた。彼女は「国王《シャーオ》の即位以前の友人」であったが、パルスの国賓《こくひん》でも公人でもなかったので、盛大な葬儀をとりおこなう理由がなかったのである。国王《シャーオ》アルスラーンも、王都に還って以来、エステルについては公式に一言も発言しなかった。王国会計総監《スパンディヤード》に命じて、パラフーダとパリザードに屋敷をあてがわせただけである。

八月二十九日。

この日は王宮で重大な儀式があった。

「ルクナバード……」

アルスラーンはつぶやいた。ひさしぶりに護国《ごこく》の宝剣を帯《お》びているのである。

「……お前は私を護《まも》ってくれる。でも、私以外の者は護ってくれない。それは私の務《つと》めなんだな」

おそるおそる廊下の隅から声がして、アルスラーンはその方向を見やった。

「あの、陛下……」

「ああ、そなたはカーセムだったな」

「私めごときの名をおぼえていただいて、光栄でございます。じつは伯父ルーシャンより命じられておりましたが、エステル卿のお墓がととのいましたので」

「……そうか、では見せてもらおう」

エラムひとりをつれて、アルスラーンはルシタニア人墓地を訪れた。そこで見たのは、十ガズ四方ほどの花園だ。コスモス、ラベンダー、ルピナス、アザミ、ヒナゲシなど晩夏から秋にかけての花々が咲き乱れ、白い小さな大理石の墓碑は花々にかくれて半分も見えない。

「これが墓か」

問うたのはエラムで、アルスラーンは口をきかない。

「は、はい、やたらと碑やら墓石やらを大きくりっぱにするより、花で埋めつくしたほうがよいように、その、愚考《ぐこう》いたしまして」

カーセムは舌先に冷汗を感じた。アルスラーンは無言で花々を見つめたまま。かわりにエラムが、鋭く苦《にが》みをおびた視線をカーセムに突き刺している。

「あ、あの、陛下のお気に召さないのでございましたら、すぐ直しますので、何とぞお赦しを……」

はじめてアルスラーンが口を開いた。

「カーセムよ」

「は、はい、はい、はい」

「よくやってくれた。たしかに、この方がずっといい。エステルにふさわしい」

「お、おそれいりたてまつります」

「そなたは心利《き》く者だな。よければ、これから私の近くにいて、何かと用をはたしてくれないか」

カーセムは歓喜の平手打ちを受けて、地にはいつくばった。頭上で国王の声がする。

「後ほど王宮に来て宰相に報告するがよい」

「は、はい、ありがたき幸せ、身にあまる光栄、君恩《くんおん》かたじけなく存じたてまつります」

地面にこすりつけていた頭をあげると、草やら土やらが額《ひたい》にこびりついていた。エラムとともに立ち去るアルスラーンの後姿が、もう三十歩ほど先にある。

カーセムは、姿勢を変えると、うやうやしく、小さな白い大理石の墓碑に拝礼した。

「エステル卿、あんたはルシタニア人で、おれはルシタニア人が嫌いだけど、あんたは別だ。あんたはおれの恩人だからなあ。もうおれは田舎町で小悪党からちっとばかしの税金をむしりとる小役人じゃない。国王陛下の側近カーセムさまだ。それもあんたを王都までつれてきたからこそだ。今後おれがどこまで出世するかわからんが、あんたの恩は忘れないし、お墓まいりも欠かさないよ」

あつかましいのか殊勝《しゅしょう》なのか、よくわからない。ただ、本人は大まじめである。心から祈りをささげて、立ちあがると、いきなりえらそうにどなりはじめた。

「おい、誰かおらんのか。エステル卿のお墓は花園なんだ。春夏秋冬、花を絶やしちゃいかん。水、水、水を毎日きちんとやらなきゃいかんだろ。誰か来て、吾輩の指示をあおげ。雑草でも生《は》えたらどうするんだ!」

この日、アルスラーンが宝剣ルクナバードをひさしぶりに帯びたのは、パルス軍の組織を改変し、十六名の人物にあらたに将軍の称号を授与するためであった。国王《シャーオ》みずから彼らに印綬《いんじゅ》をさずけ、宝剣ルクナバードの名においてそれを宣告するのである。

一同が大広間にあつまっていた。

アルスラーンを中心として、左右に八人ずつが列《なら》び立つ。宰相ルーシャンから見ると、左から右へ、エラム、ザラーヴァント、ジムサ、トゥース、メルレイン、アルフリード、ナルサス、キシュワード、アルスラーン、ダリューン、ギーヴ、ファランギース、クバード、ジャスワント、イスファーン、グラーゼ、パラフーダという順になる。

この列びかたに特段の意味はない。しいていえば、エラムは最年少であり、パラフーダは最新参であるため、それぞれ遠慮して端に立ったということぐらいである。

宰相ルーシャンがひとりずつ名を読みあげ、国王アルスラーンに用意の印綬を呈上《ていじょう》する。アルスラーンはそれを受けとり、ひざまずく将軍の首にかける。つぎに宝剣ルクナバードを差しのべる。刃を横に寝かせてである。叙任された将軍は掌《てのひら》を刃の平にあてる。このとき、国王《シャーオ》に対して叛意《はんい》ある者は、掌が焼けただれて煙をあげる、と伝承される。

この儀式は、アルスラーンにつかえた閲歴《えつれき》の旧《ふる》い順からおこなわれた。一日でも一刻でも、早い者からである。ダリューンに始まり、ナルサス、エラム、ファランギース、ギーヴ、アルフリード、キシュワード、ジャスワント、ザラーヴァント、イスファーン、トゥース、グラーゼ、メルレイン、ジムサ、クバード、最後にパラフーダ。

掌が焼けただれた者は、ひとりもいなかった。

第五章　蛇王再臨

I

世に「解放王アルスラーンの十六翼将」と称されるが、十六翼将という職制があったわけではない。パルス暦三二五年八月二十九日、アルスラーンによって将軍の印綬を国王《シャーオ》手ずから授けられた十六名の騎士が、そう呼ばれるようになったのである。しかも十六名のうち最新参のパラフーダをのぞく十五名は、パルス暦三二一年九月、アルスラーンが即位した時点ですでに顔をそろえていた。「十五翼将」の期間のほうが長いのだ。

それでも「十六翼将」の名が永くパルスに伝えられたのは、人々がアルスラーンの治世をなつかしんだから、また武の面で最後まで彼をささえた騎士たちが、後世の吟遊《ぎんゆう》詩人に愛されたゆえであろうか。

十六名の内訳は、パルス人男性十一名、パルス人女性二名、シンドゥラ人男性一名、トゥラーン人男性一名、ルシタニア人男性一名である。最年長がクバードの三十六歳、最年少がエラムの十八歳。この年十九歳となるアルスラーンより年少なのはエラムだけで、若い武将たちがさらに若い国王をもりたててパルス再興の大業を成しとげた、ということがわかる。

その大業を瓦解《がかい》せしめるのは何者か。

王都から辺境にいたるまで、さまざまな怪異が生《しょう》じて、平穏と繁栄の大空に雲を散らしつつある。それでもなお、蛇王ザッハークが再臨《さいりん》をとげ、生身で復活する、ということについて、人々は半信半疑であった。ペシャワール城の放棄という奇略《きりゃく》のきわみも、むしろシンドゥラとチュルクの東方二ヵ国に対する巧妙な牽制《けんせい》と思われた。いよいよ大きな戦《いく》さがあるだろう、と誰もが心に思い、その日にそなえようとしていた。

世にいう十六翼将を叙任した当日の夜は、盛大な祝宴がもよおされた。さらに七日間は、たがいの屋敷に招きあったり、妓館を借りきったりして、嵐に先立つ短い晴れ間を愉《たの》しんだ。ただ、グラーゼだけは五日めに王都を離れ、その理由は国王をふくむ少数の者しか知らなかった。

九月七日、執務を再開したアルスラーンのもとに、謁見を求める者があらわれた。王墓管理官《ニザル・ハラーフル》のフィルダスであった。

もともと恰幅《かっぷく》のよい、おちついた風格の人物であったが、痩せて憔悴《しょうすい》しているように見える。どうしたのか、と問いかける間もなく、平伏して、叫ぶように言上《ごんじょう》した。

「どのような処罰も甘んじて受ける所存《しょぞん》でございます。何とぞ御心のままに」

アルスラーンは陪席《ばいせき》する宰相ルーシャンと顔を見あわせた。

「処罰というが、何をしでかしたのだ。よくやってくれていると思うが」

「私め、王墓管理官という名誉ある地位を宮廷よりたまわりながら、このひと月、何の功もなく……」

「またそのことか」

若い国王《シャーオ》は苦笑した。フィルダスは、七月末にも生《しょう》じた王墓盗掘事件の犯人がいまだ不明であることを恥じて、辞任したいと望んだのだ。

「どれほど重要な墓であれ、死者のことで生者が犠牲になるというのは、まちがいだと思う。フィルダス卿の誠実さを嘉《よみ》し、ひきつづき王墓管理官の地位にとどまることを命じる。ただ、本人が休息を欲《ほっ》しているのであれば、しばらくの間、代理を立てよう」

アルスラーンは臣下に対して寛容な王者であったが、エステル・デ・ラ・ファーノの墓に較《くら》べると、旧王家の陵墓《りょうぼ》に対して関心がすくなかったのも事実である。彼は新参のカーセムのことを想い出した。カーセムを代理にしてもよいと考えたのだ。

フィルダスも宰相ルーシャンの一族だから、カーセムにとっても一族のはずである。だが、たがいの存在をこれまで知らなかった。

「半年ほど王墓管理官の代理をつとめてみるかね」

ルーシャンに打診されたカーセムは、即座に辞退した。

「いえ、とてもとても、現在の私めはそのような重任には耐えませぬ」

殊勝に見えるが、カーセムの本心は別にある。王墓管理官という官職は格式も高く、待遇も恵まれてはいるが、

「しょせん、お墓の番人だからなあ。つつがなく葬式をすませるのがお役目というのでは、功績《てがら》のたてようがないし、大望ある男児の仕事でもないさ」

というのが、カーセムの本心である。死者がらみの仕事は、エステル・デ・ラ・ファーノの墓づくりだけでたくさんだ。というわけで、代理は置かれず、フィルダスはそのまま職にとどまった。

フィルダスの一件はそれだけで終了したと思われたが、小首をかしげた人物がふたりいる。

「おれもつい忘れていたが、アンドラゴラス王の遺体の件、あのままでよかったのか」

そう口を開いたのは、琵琶《ウード》の名手として知られる吟遊詩人にして、女たらしとしてもっと知られる旅の楽士である。

「とうに亡くなった方のこと、つい後まわしにしていたが、すこし真剣に考えてみてもよ

いかもしれんな」

そう応《こた》えたのは、宮廷画家である。これほど恐れられる宮廷画家は、パルスの歴史上はじめてだといわれている。

パルス国を代表する「二大芸術家」の会話は、妓館の一室でおこなわれた。ギーヴが滞在をつづけている妓館で、この男はめったに屋敷へ帰らないのである。室内には何人かの妓女《ぎじょ》がいたが、ふたりは露台《バルコニー》に卓と椅子をすえて、妓女たちを遠ざけ、しばらく話しあった。

話の半ばに、ナルサスはただならぬ疑問を口にした。

「何の証拠もないが、陵墓から消えたアンドラゴラス王の遺体は、あの暗黒神殿に置いてあったのではないだろうか」

「………」

「だとしたら、いったい何のために?」

「………」

「そして、暗黒神殿が捜索を受け、水没した現在、アンドラゴラス王の遺体は何処《どこ》にあるのか」

ギーヴは答えない。ナルサスが自問自答している、と思ったからであろう。自分の手で葡萄酒《ナビード》を夜光杯《グラス》にそそぎ、初秋の陽光にすかしてから口にふくむ。ナルサスが沈黙すると、はじめて口を開いた。

「まったく、陛下にたたるなあ、あの夫婦は」

アンドラゴラス王とタハミーネ王太后のことである。前国王夫妻について語るギーヴの、言葉づかいにも口調にも、ひとかけらの敬意すらなかった。

「死んでからまで陛下にとって災いの種となる。死んだ者をさらに殺すわけにもいかんが、生きているほうはどうにでもできる。おれがもう一度ヘルマンドスに出向いて、王太后の身辺に張りついてみてもよいぞ。何か不穏な兆《きざ》しがあったらその場で……」

「そうだな、すこし考えさせてくれ」

ナルサスらしくない返答だったが、今後、事態がどう急変するかわからない。ナルサスとしては、必要なときギーヴに近くにいてもらわねばこまるのである。

マルヤム出身の若い妓女が遠慮がちに露台に姿を見せ、あらたな客の到来を告げた。あらわれたのはダリューンである。ナルサスを訪ねたら不在だったので、従僕《じゅうぼく》に教えられて妓館にやってきたのだ。

「何か用か、ダリューン」

「いや、パルスきっての陰謀家がふたり何やら密談しているというのでな、監視に来たのさ」

ナルサスとギーヴは異口同音に応じた。

「この男といっしょにしないでくれ」

「わかったわかった、どちらにも悪いことをしたな」

結局ダリューンにも最初から話をすることになった。王墓の一件については、ダリューンにもあたらしい見解はなかったが、話しあううち、黒衣の騎士がふと思い出したようにいった。

「ナルサス、おぬし、いつであったか、アルスラーン陛下と、旧王家の姫君とをむすびつけるのも一案といったことがあるだろう」

「ああ、そんなこともあったな」

ナルサスの声には熱がない。

「死んだ一案だ、忘れてくれ」

現在のところ、行方不明の姫君である可能性は、ふたりの女性にある。レイラとパリザードである。レイラのほうは蛇王ザッハークの血を飲まされ、魔道士どもの与党《よとう》となったばかりか、トゥラーンの狂戦士イルテリシュと結ばれたようだ。パリザードはかつてザンデの愛人であり、現在はパラフーダの事実上の妻である。どちらにしても、国王《シャーオ》アルスラーンの妃として迎えるには難がありすぎるようだ。

「陛下ご自身が強くお望みになるなら別だが」

「どうやら、そんなこともなさそうだな」

ダリューンはひと息に葡萄酒《ナビード》をほした。

「ルシタニアの女騎士の件、まことに傷《いた》ましかったが、陛下はまだお若い。蛇王ザッハークを打倒した後、陛下にふさわしいお相手が見つかるだろう」

「そう思うか、ダリューン」

「あたりまえだ。十年後でも陛下はまだ御年齢《おんとし》三十になられぬのだぞ」

「たしかにそうだが……」

ナルサスは歯切れが悪い。というのも、つい先日、ナルサスは国王《シャーオ》と会話したのである。エステルの死後、アルスラーンが女性や結婚についてどう思っているのか、ナルサスはあえてそれを話題にしてみたのだが、アルスラーンはそれをさえぎった。

「ナルサス、そなたは、いまさら私を新しい王朝の開祖にしたてようというのか」

アルスラーンの声は冗談めかしていたが、両眼にはナルサスの異論を封じこめるような光があった。

ナルサスは不遜《ふそん》な男だが、自分がアルスラーンのすべてを把握《はあく》しているなどとは思っていない。すべてを把握できるような主君をあやつっても、つまらないだけである。アルスラーンの器はナルサスの掌《てのひら》からはみ出すところがあり、そこがおもしろいのである。

ナルサスは他の二名を見わたし、ゆっくりした口調で告げた。

「陛下は、いまこう考えておいでだ。『王位は血統によって決められるべきではない。だが自分に子ができれば、王位継承者として期待される。結局これまでとおなじことだ、それはいやだ』と」

ダリューンは、かるく息をのんだ。

「すると陛下は、王妃を迎えて御子《みこ》を儲《もう》けるおつもりがない、というのか!?」

「……そうだ、ダリューン、陛下は結婚なさるおつもりがない」

ナルサスの声は淡々としているようであったが、苦《にが》みを消し去ることはできなかった。

「以前もいったと思うが、エステルという娘に対する陛下のお心情《きもち》は、まあ恋だの愛だのと称する以前の段階だった。あの娘がパルスに残っていれば、深い想いが時間をかけて育《はぐく》まれたかもしれない。ルシタニアへ去って、そのまま二度とパルスにもどらなければ、一時の想い出で終わっただろう。ところが彼女はもどってきて、すぐに、永遠に消えてしまった」

Ⅱ

ひと息いれてナルサスはつづけた。

「エステルという娘の死の意味は、けっこう大きいのだ。というより、今後、大きくなっていく。陛下が女性に接するたび、エステルの幻影が眼の前にちらつくようになる」

ダリューンの眉宇《びう》に困惑の色が浮かんだ。

「いや、それは考えすぎではないか。ギーヴ卿を見ろ。いちいち過去の女のことなど気にしておらんぞ」

当のギーヴはすました表情《かお》である。肩をすくめたのはナルサスだった。

「あまり極端な例を出さんでくれ、ダリューン。議論が成立しなくなるからな」

「そうだな……しかし、そうなると、おれたちはエステルのことを陛下に隠して、ふたりを対面させないほうがよかったのか」

「そうとも、対面させないほうがよかった」

「だが、そんなことはできんだろう⁉」

「もちろん、そんなことはできない」

と、ナルサスの声にはひときわ苦《にが》みがこもる。ギーヴが夜光杯《グラス》を卓上にもどして口を開いた。

「ナルサス卿、おぬし、結局、何がいいたいのだ?」

ギーヴの声は音楽的なまでに優雅だったが、その下に薄い刃《やいば》がひそんでいる。ナルサスが不見識《ふけんしき》なことを口にしたとたんに舌鋒《ぜっぽう》で切りつけてくるような感じだ。

「アルスラーン陛下はパルス旧王家の血を引いておられぬ。その御方に、王位に即《つ》くことを承知していただくには、王者たるべき資質は血統ではない、ということを、まず納得していただかねばならなかった」

ナルサスの言葉を、ダリューンは沈黙して聴いている。皮肉や冗談をいう気分ではなかった。ギーヴでさえ、ふざけた表情を消してナルサスを見つめている。

「それがまちがいだったとは、おれは思わぬ。まったく、王者たるの資質は血統ではない。血統だけで、暗愚な者や兇悪な者に王位に即かれては、たまったものではないからな。だが、おれはその点を強調しすぎたかもしれん」

ナルサスは息を吐き出し、沈黙した。ダリューンとギーヴはそれぞれの表情で、これまた沈黙する。初秋の風が露台を吹きぬけ、木洩れ日《こもび》が卓上に光の金貨をまきちらす。

「考えすぎても埒《らち》はあかんぞ」

やがてダリューンが努《つと》めて明るい声を出した。

「おれもおぬしも、陛下より十以上も年長なのだ。早く生まれただけ早く死ぬのが道理というもの。陛下が天寿《てんじゅ》をまっとうなさった後のことは、エラムに責任を持たせればいい」

「エラムになあ」

「そのつもりで、エラムを育成しているのだろうが」

「……うむ」

「エラムが陛下と同年輩だというのであれば、アイヤールがいる」

アイヤールは大将軍キシュワードの子で、まだ幼児である。ナルサスが苦笑した。

「それはいくら何でも気が早いな」

「ふむ、それもそうだ」

ダリューンが来たので、たちまち葡萄酒《ナビード》の瓶が空《から》になる。あらたな瓶が運ばれてくると、三つの夜光杯《グラス》に酒をそそいで、ダリューンがいった。

「さしあたり、おれたちはギーヴ卿やジムサ卿を見習うことにしよう」

ナルサスがかるく眉をあげたので、ダリューンは、にやりと笑ってみせた。

「パルス国のことなど知らぬ、アルスラーン陛下おひとりに忠誠をつくす、というわけだ。寿命にかぎりある身で、国家の永続性を図《はか》るなど、そもそも僭越《せんえつ》のかぎり。百年後、千年後のパルス人を束縛する資格など、おれたちにはない」

「ダリューン」

「何だ」

「おれは、たまに、おぬしは賢者ではないかと思うときがある」

「たまにか」

「ごくたまにだ」

夜光杯をもてあそびながら、ギーヴが口をはさんだ。

「そういう心配をするなら、王宮にどんどん若い女官を入れたらよい。婆《ばあ》さんや小母《おば》さんばかりでは、陛下だってその気になるまい。この前、おれやイスファーン卿にくっついてきた小娘だって、いちおう若い女だしな」

これは王太后タハミーネにつかえていたアイーシャのことだ。ダリューンとナルサスは記憶をひもとき、「ああ、あれか」というような表情をしたが、それ以上は気にとめなかった。

アイーシャ本人はというと、このとき王宮で新参の侍従《じじゅう》に叱られているところだった。いそいでいたので、あいさつを忘れて前を通りすぎようとしたのを、とがめられたのである。

「あのう、あなたさまは？」

「侍従のカーセムである」

「おえらいのですか」

「そういうことを、わざわざ尋《き》かんとわからんのか。気の利《き》かん女だな」

アイーシャは大きな黒い瞳を瞠《みは》ってカーセムを見つめた。さからわないほうがよさそうだ、と思ったのだ。

「わたし、ほんとに気が利《き》きませんで、失礼しました。これから気をつけますので、お恕《ゆる》しください」

「わかればいいのだ。吾輩はけっして意地悪ではないし、お前が誠実につとめていれば、ちゃんと認めてやるぞ」

妙にいばっているが、たしかにカーセムは陰湿なことはしなかったし、女官長も口やかましくはあってもかわいがってくれる。友達もできた。アルフリードである。

アイーシャが女神官《カーヒーナ》になりそこなった娘だというので、アルフリードは妙に仲間意識を持ったらしい。ファランギースの屋敷で初対面をはたしたとき、すすんで手をにぎった。

「へえ、あたしとおなじだね。女神官《カーヒーナ》になるって、たいへんなことだよね。落第生どうし仲よくやろう」

「そなたとはちがうであろう」

と思っても、ファランギースは口には出さず、微《かす》かに苦笑している。トゥースの妻たちもふくめて、同性の年少者にファランギースは慕われていた。アルフリードも、屋敷にいるとメルレインと顔をあわせるのが何となく気づまりなので、ファランギースの屋敷に入りびたりである。

アイーシャも休憩時間にファランギースを訪ねてお茶を飲むようになっていた。

アルフリードが自分の家のようにアイーシャを奥の間へ呼びこみ、お茶をすすめながら問うた。

「ところで、陛下のごようすはどう？」

「明るくふるまっておいでで、わたしたちもいたわってくださいますけど、やっぱりお元気がないような……」

「お気の毒だよねえ」

「ほんとに、お気の毒で」

「あたしもお気の毒にならないようしなくちゃ」

「え？」

「あ、いや、兄の忠告についてちょっと考えてただけ。こちらのこと。気にしないで」

大小の波紋がかさなりあううち、九月も数日がすぎた。

Ⅲ

チュルク国のカルハナ王も、ペシャワール城の異変を知った。シンドゥラ国のラジェンドラ王より遅く、九月にはいってからのことである。

「虚偽《いつわり》を申すと承知せぬぞ」

という反応は、いかにも冷厳なカルハナ王らしかったが、動揺は禁じえなかった。幾人もの諜者が、おなじことを報告してきたのだ。ペシャワール城にパルス軍の姿はなく、無人と化している、と。

ペシャワールほどの要衝をみずからすすんで放棄する、という発想が、カルハナ王にはとうてい理解できない。理解できないゆえに不安がつのり、その不安がさらにカルハナ王を駆りたてる。

「ペシャワールを奪《と》るとして、兵は五万、最低でも三万は必要だな」

そう計算した。三万の兵をペシャワールに向けて動かすのに、十日はかかるであろう。千や二千なら、騎兵のみ即座に急行させることはできるが、シンドゥラがすでに大軍を展開させているとしたら、一戦で潰滅《かいめつ》させられたあげく、本隊の出撃にそなえさせるだけである。できるだけ早く、できるだけ多くの兵を集中させてペシャワールを奪らねばならぬ。成功さえすれば、かなりの犠牲もいとわないが……。

「失敗はできぬぞ」

カルハナ王は内心でうめいた。

戦わずして、パルス国の軍師ナルサスは、カルハナ王を心理的に追いつめたのである。カルハナ王が部下に対して冷厳であり、失敗を赦《ゆる》さぬことは、列国の知るところであった。最近にもシング将軍の例がある。失敗すれば、罪は本人のみならず一族にもおよぶ。では、カルハナ王自身はどうか。むろんカルハナ王が政戦両略《せいせんりょうりゃく》において誤りを犯したとしても、それを咎《とが》める者などチュルク国内には存在しない。存在しないが、王に対する不満と軽侮《けいぶ》の想いは生まれるであろう。

「他人の失敗は赦さないくせに、自分自身は失敗の責任をとらぬのか。それでも王者か」

そのような気分を、多くの臣下が共有するようになれば、カルハナ王の地位は揺らぐ。もともと一代で王に成りあがったのだ。成功をつづけないかぎり、正統性を問う声に対抗できないのである。

その点、じつはカルハナ王の立場はアルスラーンに似ているのだが、本人がどこまで気づいているかはわからない。

いずれにしても、九月半ばの段階では、チュルク軍は国境付近に集結しつつ、まだ本格的に動くことはできずにいる。動いて鉄門《カラ・テギン》を突破すれば、当然、シンドゥラ軍と激突することになるであろう。


パラフーダとパリザードがあたえられた屋敷は、以前は万騎長《マルズバーン》カーラーンの住居であった。ふたり暮らしには広すぎる家で、侍女だの馬丁《ばてい》だの料理人だのを雇《やと》い入れても、空室がいくつもある。

「あたしにルシタニア語を教えておくれよ」

そうパリザードがいい出したのは、九月にはいってすぐのことであった。パラフーダはめんくらった。

「お前は生まれた国に帰って、生まれた国の言葉をしゃべって、何の不自由もないだろうに。ルシタニア語なんぞおぼえてどうする？」

「あんたとルシタニア語でしゃべるためさ」

パリザードの返答は明快だった。

「エステル卿が亡くなって、あんたとルシタニア語でしゃべる相手がいなくなってしまったからね。さぞ寂しいだろうと思ってさ。パルス語のほうは、あたしが教えてあげてきたから、今度はあんたが先生になる番だよ」

すこしの間、パラフーダはだまっていた。それから感心したようにいった。

「お前、いい女だな」

「気づくのがおそいよ」

てれたようにパリザードは笑った。その笑顔が、パラフーダにはまぶしくもあり愛《いと》しくもある。

ドン・リカルドという名を棄て、パルス人になりきろうと思っても、生まれ育った故郷の言葉はなつかしい。将軍に叙任《じょにん》されたといっても、まだ仕事はあたえられない身だ。よろこんでパリザードにルシタニア語を教えはじめた。

むろんルシタニア語教師に専念してはいられず、武芸の習練にも身をいれた。ソレイマニエの街でダリューンと剣をあわせた経験は、これまでのいかなる戦闘よりも強烈だった。このままの技倆《うでまえ》に安住してはいられない。エステル・デ・ラ・ファーノの恩に報いるために、もっと強くなりたかった。

九月十二日、国王アルスラーンの布告が発せられた。

「ザラーヴァント卿を、正式に王都エクバターナの城司《じょうし》に叙任する」

布告を読みあげる大将軍キシュワードの前に、ザラーヴァントはかしこまっている。

「宰相と大将軍を補佐して、平時には城内の民を安撫《あんぶ》し、戦時には防御戦の指揮をとるべし」

「たのんだぞ、ザラーヴァント卿」

アルスラーンが声をかける。

「まことにありがたき御諚《ごじょう》。つつしんでお受けいたします。非才《ひさい》の身でございますが、全力をつくす所存」

ザラーヴァントは朗々と応《こた》えた。十六人の将軍のうち、すでにキシュワードは大将軍、グラーゼは水軍司令官でギランの総督代理だが、他の者にどのような地位と権限があたえられるか、まだ確定していない。大将軍格《エル・エーラーン》のダリューンとクバードでさえ正式には待命《たいめい》中である。彼らのなかで最初にザラーヴァントが、さだまった地位と権限を得たのであった。

城司府におさまると、ザラーヴァントは牢獄を担当する役人を呼び出して質問した。

「例の魔道士はどうだ？」

「あいかわらず何もしゃべりません」

エクバターナ地下の暗黒神殿が捜索された際に、とらえられたグンディーのことである。

ダリューンによって両足の腱を切断され、牢獄に放りこまれた。牢獄づきの医師に治療を受けた後、尋問をかさねられたが、まともな返答はしない。二言めには蛇王ザッハークの名を持ち出し、逆に、尋問にあたる役人たちを脅《おど》すありさまである。

「汝ら、無知なる地上の民よ。一日も早く悔いあらためて、偉大なる蛇王さまに帰依《きえ》するがよいぞ。さすれば、蛇王さまが再臨あそばし、地上が炎と雷に焼きほろぼされんとするとき、お慈悲をもって生命だけは助けていただけるであろう」

魔道士の両眼には青白い狂気の火がちらついており、役人たちは気味が悪くなった。アルスラーンの統治下では基本的に拷問が禁じられているので、それ以上、問いつめようもない。

「生かしておくから、めんどうなことになる。大逆と魔道の罪状が明々白々なのだから、さっさと処刑してしまえばよい。やつ自身、慈悲にすがって生きながらえる気はなかろう」

というのがクバードの意見で、メルレインやジムサもそれに賛成した。

「処刑人たちが気味悪くて手を下せないというなら、おれが代わりにやってやろう」

といったのはギーヴで、琵琶《ウード》をつまびきながら、自作の詩を歌いあげたものである。

きたない首をばっさりと
これぞ正義の刃《やいば》なる
ただ一閃に闇を裂き
ヒッシュヒッシュと鳴りひびく

忌《い》みきらわれるグンディーのほうも、べつに愉快な日々を送っているわけではない。牢獄にひとり閉じこめられて、尋問に引き出される以外は、ひたすら心身の傷に耐える毎日である。蛇王ザッハークに敵対する不信心者どもによって、神聖な暗黒神殿を破壊され、みずからは囚《とら》われの身となった。その屈辱と憎悪に灼《や》かれ、もだえ苦しんでいるのだが、そのもだえ苦しむありさまがまた気色《きしょく》悪いとて、人間たちにきらわれるのである。

そこへあらわれたのが、エクバターナの城司に就任したばかりのザラーヴァントであった。

もちろん、グンディーのように陰惨な感じの男が、ザラーヴァントは大きらいだったが、ただ殺すのも芸がないように思われた。ひとつの案を思いついて、彼は牢獄のグンディーをおとずれたのだ。王都の牢獄は、城司たるザラーヴァントの管轄下にあるから、彼は出入り自由だった。

「おい、ものは相談だがな、ひとつおれに協力してみないか」

鉄格子《てつごうし》ごしにそう呼びかけられたグンディーは、ひときわ陰惨な表情で話を聞いていたが、しばらく沈黙した末、表情を消してうなずいた。

「わかった、案内する」

ザラーヴァントは、王都の地下に存在していた暗黒神殿の再捜索を思いたち、グンディーに案内させようと考えたのである。八月三日にパルス軍の急襲を受けて潰滅、水没したのであったが、それで中断したというのでは、完全を期しえない。そうザラーヴァントは大将軍《エーラーン》キシュワードに申し出たのだ。

「それがし個人のことではござらぬ」

ザラーヴァントは力説した。

「九月二十一日はアルスラーン陛下の御年十九のお誕生日、同時に陛下ご即位の四周年記念日でござる。この日までに王都の地下を完全に清掃しておかねば、安心して式典を開くこともできませんぞ」

「たしかに」

キシュワードもうなずかざるをえない。国家の重要な式典にあわせて騒乱をおこす、というのは、陰謀家のよくやることである。その機先を制することができるならよし、そうでなくとも、暗黒神殿の捜索を徹底的におこなう意味はある、と考えたのであった。

王都に結集した諸将は、あらそうように、ザラーヴァントの捜索行への同行を望んだ。もともと無聊《ぶりよう》と退屈をきらう者ばかりである。大将軍《エーラーン》キシュワードは、どうせ今回、自分はいけぬからというので籤《くじ》をつくって一同に引かせた。ファランギース、アルフリード、イスファーンが当選し、トゥースが補欠であった。

はりきるザラーヴァントに、魔道士が要求した。

「この脚では歩けぬ。案内したくともかなわぬ。どうにかしてくれ」

グンディーの要求も、この場合はもっともである。寛大に、ザラーヴァントは部下に命じた。

「よかろう、担架《たんか》にのせて運んでやれ」

「うかつにあの魔道士を信用するのは危険ではないか」

そういったのはイスファーンだが、

「あるていど信用せんと、再捜索などできんさ。たしかに何かたくらんでいるのかもしれんが、たかが魔道士ひとりのこと、何ができるものか。それでも心配なら、おぬしには地上で待機してもらってかまわんぞ」

ザラーヴァントに笑ってそういわれると、イスファーンもそれ以上は何もいえなかった。

たしかに、ファランギース、アルフリード、イスファーン、ザラーヴァントと四人も将軍が顔をそろえて、武芸の心得ひとつない魔道士ひとりにしてやられるなど、考えられないことであった。さらに地上には、補欠になったトゥースまでひかえているのだ。

「ま、何ごともなかろう。何かあったほうがおもしろくはあるがな」

主人の言葉に、尾を振って応《こた》えたのは土星《カイヴァーン》だ。この少年期の狼《おおかみ》は、ペシャワールで兄弟をうしなって以後、亡き火星《バハーラム》の分まで主人の愛情を受け、二匹分の忠誠でそれに応えようとしていた。

IV

九月十七日。

五百人の兵士が動員された。そのうち二百人はトゥースに統率され、地上で待機する。三百人が地下へ向かう。全員の刀、槍、矢に芸香《ヘンルーダ》が塗りこまれた。グラーゼとトゥースが王都へ運んできたものである。

トゥースの三人の妻たちは、地下へおもむくファランギースとアルフリードに、同性として熱心な声援を送った。

地下への道を進みながら、松明《たいまつ》を手に兵士たちが語りあっている。

「ザラーヴァント卿は、ついこの前、正式に王都の城司になったろう？」

「知っているさ、出世じゃないか」

「それが、そうめでたいことでもないんだな」

「どうして、めでたくない？」

「いやさ、城司というのは、城を守るのが役目だろう」

「あたりまえだ」

「だからよ、国王《シャーオ》が親征《しんせい》でもなさるときには、ひとり王都に残っておるすばんということになるじゃないか。他の将軍がたは国王陛下についていけるのに……」

「ははあ、わかった」

「ようやくわかったか」

「つまり戦場で武勲を樹《た》てる機会がなくなるわけだな」

「そういうことさ」

「王都の地下を戦場にして武勲を樹てたいわけだ。こまったお人だぜ」

兵士たちの笑声を、力強い一喝《いっかつ》がかき消した。

「お前ら、上官の悪口をいうなら、もう少し声を低めたらどうだ」

「あっ、聞こえましたか」

「聞こえたから、いっとるのだ。おれの耳はな、男どもの悪口と、女たちの賞賛の声を、一ファルサング先からも聞きわけるのだぞ」

「まいりました、まいりました、どうかお赦しを、城司閣下」

陽気な笑声がおこり、拍手の音がまじる。兵士たちはこの豪快で気さくな青年将軍に好感を持っていた。指揮官としては、いささか闘志が先行するが、兵士たちが彼のために喜び勇んで死地におもむく将器だと思われた。

彼らの陽気さも、だが、地下への道が深くなるにつれ、静まっていった。松明《たいまつ》の数は百をこえるが、その光のとどかぬ場所は、暗黒の壁となって、ひしひしと兵士たちを圧迫する。

ファランギースが足どりをゆるめ、耳をそばだてるようすをした。

「どうしたの、ファランギース？」

「精霊《ジン》が騒いでいるのじゃ」

アルフリードのささやきを受けて、ファランギースがささやき返す。

「どうも尋常な騒ぎではない。よほどに邪悪な存在《もの》が奥にひそんでいると見える」

「たよりにしてるよ。そういう邪悪なやつらに対抗できるのは、ファランギースだけなんだから」

「わたしとて、相手が強力すぎれば対抗できぬ。アルフリードが女神官《カーヒーナ》として修行をきちんとすませていてくれれば、ふたりで力をあわせることができたのにのう」

「それはそれとして」

と、強引にアルフリードは話題を変えた。

「列が停止したよ。何があったんだろう」

「暗黒神殿とやらは、水没しているはず。おそらく水のために行手をさえぎられたのであろう」

美しい女神官《カーヒーナ》の推測どおりであった。

ザラーヴァントと兵士たちは、松明をかかげて前方を照らした。黒一色の水が赤や黄の炎を反映して、場ちがいなまでの美しさをかもし出す。

「水がずいぶん退《ひ》いたようだな」

「割れ目からさらに地下へと浸《し》み出したのでしょう」

「それでも小舟を用意してきてなかったら、前《さき》に進めないところだ。ようし、小舟を運んでこい！」

水牛の皮を張った小舟が三十艘。三百余名がそれに分乗し、暗黒の地底湖へと乗り出した。百余の松明が陰惨な空洞を照らし出すと、その光が水面に映《は》える。ゆらめく光と影が交錯し、この世ならぬ光景であった。

先頭の小舟にはザラーヴァント。胸を張って舳先《へさき》に立ち、右の肩に大槍をかつぐ。ファランギースとアルフリードは最後の小舟。ほぼ中央にはイスファーンと土星《カイヴァーン》。少年期の狼は勇敢で忠実なのだが、水上は苦手で、半ば毛をさかだてて、主人に身をすり寄せている。

おだやかな航行は、見せかけにすぎなかった。ふたつめの角をまがったとき、叫喚《きょうかん》が爆発したのだ。異形《いぎょう》の影が群れをなして殺到してくる。

「おう、わいて出おったわ」

予想というより、期待していたことだ。ザラーヴァントの声は愉しげであった。平時でも有用の才があることを証明しているが、本質的に武人であり戦士なのである。

「あれだけ討ちとられながら、まだこれほど生き残っておったとはな。気の毒でないこともないが、今度こそ鏖殺《おうさつ》してくれるぞ!」

ザラーヴァントは槍をかまえた。長さ、太さ、重さ、どれをとっても、尋常《なみ》の兵士ならかかえるだけで息が切れそうな巨大な槍だ。ファランギースも弓に矢をつがえた。

「グルガーンも、もしやこの奥に……」

旧知《きゅうち》の人物を想いおこすファランギースの言葉は、声になることはなかった。たちまち殺しあいがはじまり、怒号と悲鳴がつらなり、血の匂いが渦を巻く。刃音と水音がつづく。

混戦のさなか。

すぐには誰も気づかなかった。小舟の上にすわりこんでいた魔道士グンディーが異様な動きをするのを。

彼の両足の腱は切断されて、まだ全快してはいない。立つことはできず、両手を使って這《は》った。蛇が這うように小舟の縁につかまると、頭から水に落ちる。手だけで泳ぎながら、暗い天井へ向けて絶叫した。

「おれを救え！　人間どもを殺せ！」

その声に応じたのは、数匹の有翼猿鬼《アフラ・ヴィラーダ》である。おぞましい叫喚に羽ばたきの音をまじえ、空洞内を急降下した。

兵士たちの槍や刀がうなりをあげる。一匹が腹や脇を突き刺され、一匹が肩を切り裂かれて水面に落下した。だが二匹が刀槍の妨害をくぐりぬけた。グンディーが両手を伸ばす。有翼猿鬼《アフラ・ヴィラーダ》たちがその手首をつかむ。

グンディーの全身が水面上に浮かんだ。水滴が雨のようにしたたる。得意満面で、「蛇王……」といいかけたとき、ザラーヴァントの槍が伸びて、咽喉《のど》をつらぬいた。ただひと突きで頸骨《けいこつ》が撃ちくだかれる。血のかたまりを口から吐き出して、グンディーは絶息《ぜっそく》した。

「しまった……」

ザラーヴァントは舌打ちした。いかに陰険きわまる悪逆《あくぎゃく》の徒とはいえ、魔道士グンディーは白手《すで》で、武器を持っていなかった。それを殺してしまったのは、戦士としての彼にとって、心たのしいことではなかった。

生命をうしなったグンディーの身体は、そのまま二匹の有翼猿鬼《アフラ・ヴィラーダ》にぶらさげられて、松明の光のなかを飛んでいく。だが、ほどなく一匹が奇声をあげると、もう一匹もおなじように声を発した。自分たちが救ったはずなのに、その甲斐もなく魔道士が死んだことをさとったのだ。

二匹の怪物は手を放した。グンディーの死体は飛沫をたてて暗い水面に墜《お》ち、そのまま沈んでいく。

二匹の怪物は空中で姿勢を変え、猛々《たけだけ》しく人間どもにおそいかかってきた。魔道士の仇を討とうとしたのか、単に兇暴な怒りに駆られたのか。

高らかに二度、弓弦が鳴りひびく。ファランギースの矢が一匹の眉間《みけん》を射ぬき、アルフリードの矢がもう一匹の胴中をつらぬいた。たてつづけに水煙があがり、ほどなく水面にふたつの死体が浮かびあがる。

血なまぐさい戦いは、それほど長くつづかなかった。やがてイスファーンが、小舟と小舟をへだてる水面ごしに、アルフリードに問いかけた。

「怪物どもはどうした？」

「だいたいはかたづけたよ。見てのとおり、こちらに死者はいない。負傷者《けがにん》だけさ」

「逃げたやつもいるか」

「二、三匹は」

「そうか、まあそれくらいはしかたないな」

イスファーンは血ぬれた槍の穂先を水中に突きこんで洗った。

ファランギースが周囲の闇を見まわした。

「ザラーヴァント卿はどこだ？」

「おられぬか」

「つい先ほどまで、先頭に立って怪物どもを薙《な》ぎはらっていたが」

「呼んでみろ。このような場所ではぐれてはまずいぞ」

兵士たちが口々にザラーヴァントの名を呼ぶ。土星《カイヴァーン》も元気よく咆《ほ》える。返ってくるのは谺《こだま》だけだ。

「全員、舟の列をととのえよ。そこの一艘は、来た道をもどって、待機中のトゥース卿にこれまでの経緯を報告し、助勢に来てもらうのじゃ。残りの者は、イスファーン卿とアルフリードとわたしにしたがえ。ザラーヴァント卿のあとを追うぞ」

ファランギースの指示で、小舟と松明の群れは整然と動き出していた。

そのころザラーヴァントは、ひとり地下神殿の奥にいた。全軍の先頭にいたので怪物たちの攻撃が集中し、漕ぎ手の兵士四人が水中に落ちてしまったのだ。生死のほどはわからないが、混乱のなかで小舟は奥へ流され、浅瀬に乗りあげた。

右手に槍、左手に松明を持って、ザラーヴァントは上陸した。石壁と水面にはさまれたせまい場所だ。

どちらへ進むか、それとも小舟に乗って帰路をさがすか。考えていると、奇声とともに二匹の有翼猿鬼《アフラ・ヴィラーダ》がおそいかかってきた。

ほとんど一瞬で、一匹が突き殺される。もう一匹は槍の柄《え》でたたき落とされ、みじめな悲鳴をあげてはいつくばった。

V

ザラーヴァントは松明《たいまつ》を伸ばして怪物の姿をたしかめた。苦笑がもれる。

「何だ、お前は、以前に逃がしてやったやつじゃないか」

左腕のない有翼猿鬼《アフラ・ヴィラーダ》であった。先日、暗黒神殿を発見して怪物どもとの闘いにおよんだとき、あまりにもみぐるしく生命乞《いのちご》いするので、殺す気も失《う》せて逃がしてやったのである。

「そのまま逃げ隠れていればよいものを。今度は逃がしてやるわけにいかんぞ。鏖殺《おうさつ》すると宣言したのだからな。悪く思うなよ。苦しまないようしてやる」

有翼猿鬼《アフラ・ヴィラーダ》は悪く思ったらしい。汚れた歯をむき出し、非難がましい叫びをあげた。そして意外な行動に出たのだ。

怪物の指が、仲間の血に浸《ひた》された。その瞬間に、ザラーヴァントは槍を振りかざし、猿に似た忌《い》まわしい頭部を突き砕こうとした。この槍にはむろん芸香《ヘンルーダ》が塗られていたが、すでに多くの怪物たちの血にまみれ、匂いはうしなわれている。だからといって、この一匹を突き殺すのに、何ら支障はない。

そのまま強力な武器を振りおろしていれば、ザラーヴァントは心の平安を保つことができたであろう。だが、有翼猿鬼《アフラ・ヴイラーダ》が壁面に指を這《は》わせたとき、ザラーヴァントはためらった。このみじめったらしい怪物は、死ぬ前に何をしようというのか。

やめろ　やめてくれ

槍を振りかざしたまま、ザラーヴァントは動きをとめた。呼吸までもとまってしまった。この有翼猿鬼《アフラ・ヴイラーダ》は文字が書けるのか。
そのような話は、これまで聞いたことがなかった。鳥面人妖《ガブル・ネリーシャ》であれば人語を解するといわれるが、有翼猿鬼《アフラ・ヴイラーダ》について、そんな話は聞いたことがない。
茫然と見守る彼の前で、怪物はさらに血文字を書きつらねた。

ザラーヴァント
わからぬか
おれはナーマルドだ
お前の従兄弟《いとこ》だ

まさか、と、ザラーヴァントはうめいた。肉の厚い額に、冷たい汗がにじむ。指の動きをとめて、有翼猿鬼《アフラ・ヴイラーダ》はザラーヴァントを見やった。うらめしげな表情が、いかにも人間のように見える。

信じられぬという思いを声にのせて、ザラーヴァントは問いかけた。

「ナーマルド、おぬし、ナーマルドか!?」

有翼猿鬼《アフラ・ヴイラーダ》は耳ざわりな奇声をあげた。それが人語にならないのをくやしがるように。

「ナーマルドなのか……」

ザラーヴァントの太い腕から力が抜け、槍が落ちた。泥の上だったので、ほとんど音を立てない。

「ナーマルドなんだな。しかし、なぜこんな姿に……」

想像もつかず、若いエクバターナ城司は、さらに怪物が書きつらねる血文字を見つめた。

　ザラーヴァント
　お前に人の心があるなら
　おれを哀れと思ってくれ

ザラーヴァントのたくましい肩や太い腕に慄《ふる》えが走る。有翼猿鬼《アフラ・ヴィラーダ》は小さく奇声をあげ、激しく指を動かした。

おれは不幸だ
なのにお前は幸福だ
何という不公平だ

「ナーマルド、おれはファランギースどのやアルフリードどのから話を聴いたぞ。たしかにお前は哀れだが、権勢に驕《おご》って人を虐《しいた》げたというではないか。お前がそんなあさましい姿になったのは……」

有翼猿鬼《アフラ・ヴィラーダ》が血文字で応《こた》える。

おれを責めるのか
こんな姿になったおれを
お前はそんなやつだったのか

反論ではなかった。論になっていないのだ。ひたすら怨みと嫉《ねた》みをうったえ、自分を正当化しているのだった。

ザラーヴァントは顔をそむけた。これ以上、従兄弟のあさましい姿を見るに忍びなかったのだ。

「いけ。いってしまえ。二度と姿を見せるな。つぎに姿を見せたら、殺すしかない。はやくいけ！」

顔だけでなく身体ごと後ろを向く。

有翼猿鬼《アフラ・ヴィラーダ》の両眼に、赤紫色の光が灯《とも》った。狡猾《こうかつ》さと卑劣さとをないまぜた、おぞましい光だ。背を向けたザラーヴァントは、だが、そのことに気づかない。戦場なら背後の殺気に気づいたであろうが、従兄弟に対する哀れみがあまりに強かったので、あらゆる感覚が鈍り、曇った。従兄弟が、他人に見られたくない姿を完全に消すまで振り向かないでいようと思った。

いきなり激痛がザラーヴァントの全身をつらぬいた。彼が落とした槍をナーマルドがひろいあげ、右の脇にかかえこむと、渾身《こんしん》の力をこめて突き刺したのだ。

「ナ、ナーマルド、お前は……」

「ざまを見ろ、思い知ったか！」

そう快哉《かいさい》を叫んだつもりだったが、ナーマルドの口からほとばしったのは、有翼猿鬼《アフラ・ヴイラーダ》に特有のキイキイひびく喚声だけであった。

ザラーヴァントの背中から胸へ、甲《よろい》の隙間をぬって槍は突きとおり、肺と肝臓を破壊して、前後の傷から血を噴出させた。ザラーヴァントは口を開いたが、もはや声は出てこない。呼気《こき》につづいて、赤黒い液体が口からあふれ出し、胸から腹へ兇々《まがまが》しい滝となって流れ落ちる。

相手の苦痛と驚愕を想像し、ナーマルドは奸悪《かんあく》な喜びにうちふるえた。ざまを見ろ、ざまを見ろ、思い知ったか、おれの勝ちだ、おれがお前より強いのだ、おれのほうがお前より卓《すぐ》れていることがわかったか、くやしいか、おれに殺されるのがくやしいか。

キイキイわめきながら、ナーマルドは、従兄弟の巨体をつらぬく槍身を回転させた。さらに血が流れ、せまい地面を赤く染めてひろがる。

「そこにいるのか、ザラーヴァント卿、何があった!?」

櫂《かい》で水をかく音が近づいて来る。

ナーマルドは危険をさとった。ザラーヴァントが苦しんで死ぬところを見とどけてやりたかったが、そのような暇はなさそうだ。

一言あざけってから逃げようと思い、ナーマルドは槍を放した。ザラーヴァントは身体の右側を下にしてくずれ落ちた。ナーマルドは翼の音を立てて地面から舞いあがる。死に瀕《ひん》したザラーヴァントの前方にまわりこんで、空中から顔をのぞきこんだ。

勝ち誇っていたはずのナーマルドが、憤怒の声をあげる。ザラーヴァントの眼からは光がうしなわれつつあったが、ナーマルドははっきりと看《み》てとった。ザラーヴァントの眼に浮かんでいるのは、憎悪でも敗北感でもないことを。それはみじめな従兄弟をあわれむ表情だったのだ。急速に色あせた唇が、最期の声をしぼり出した。

「ナーマルド……あわれなやつ」

岸壁をまわって、松明の光があらわれた。ナーマルドには、もはやザラーヴァントに手を下すことはできない。いやらしい羽ばたきの音を立て、空洞の奥へ、闇の彼方へと逃げこんでいった。

「ザラーヴァント卿⁉」

「これはいったい何としたことだ」

「たいへんだ、ザラーヴァント卿が！」

兵士たちが発見するわずか数瞬前に、勇士ザラーヴァントは息たえていた。

ファランギースはアルフリードとともにあわただしく小舟を降りた。ザラーヴァントの死を確認すると、いたましげに柳眉《りゅうび》をひそめ、短く祈りの言葉をとなえた。松明の光で壁の血文字を見やる。

「これを見たか、アルフリード？」

ファランギースの白い優美な指が壁面をさす。その動きを眼で追って、アルフリードは立ちすくんだ。その衝撃は、ザラーヴァントの鼓動がとまっているのを確認したときより、あるいは大きかったかもしれない。

　わからぬか
　おれはナーマルドだ
　お前の従兄弟だ

「こ、これを書いたのはナーマルド!?　あの、オクサスの領主の息子？」

「そのようじゃな。この血文字を書いた者が、ナーマルドの名を騙《かた》っているのでないとすれば……」

「だとしたら、ナーマルドは生きているってことかい。で、あいつがザラーヴァント卿を……」

アルフリードの声がふるえ、ファランギースはふたたび柳眉をひそめた。

「わたしはオクサスの、あのおぞましい地下牢獄で、ナーマルドの左腕を斬り落とした。その後は、さて、どうなったか」

考えこむふたりのもとに、つぎつぎと小舟が着き、兵士たちが歎《なげ》きの声をあげた。

VI

「もしナーマルドが片腕を失いながら、生きのびて、ザラーヴァント卿と再会したとしても、何でわざわざこんな血文字を壁に書き残したんだろう。自分が下手人《げしゅにん》だって証拠を残すようなものじゃないか」

「消す暇もなかったのだろう」

ファランギースはそう答えたが、問題の本質が別にあるということは、むろん承知している。

ナーマルドはなぜ自分のことを自分の口で、ザラーヴァントに語らなかったのか。口がきけなかったとでもいうのだろうか。

この年六月、オクサス地方に公用でおもむいたファランギースとアルフリードは、ナーマルドの奸計《かんけい》によって地下牢に閉じこめられたが、無事に脱出した。

その直後、ファランギースとアルフリードは見たのだ。逃げ去る有翼猿鬼《アフラ・ヴィラーダ》の一匹に、左腕がなかったのを。そしていま、「ナーマルド」と明記された血文字の列。

口にするのもおぞましい疑惑が、アルフリードの首すじから背すじへ、冷たく流れ落ちる。ナーマルドはいったい何になったのだ……。

「ファランギースどの、アルフリードどの!?」

緊張をはらんだ声はイスファーンのもので、元気な土星《カイヴァーン》の声が主人につづいた。まず土星《カイヴァーン》が小舟から岸に跳びおり、イスファーンも上陸する。僚友の死をたしかめて、若い勇将は沈痛な翳《かげ》りを顔にたたえた。

「いたましいことだ。それにしても、ザラーヴァント卿の身に、いったい何がおこったのでござろう」

ザラーヴァントの遺体にはイスファーンの戦披《マント》がかけられ、それを乗せた小舟は兵士たちに守られて地上へと漕《こ》ぎ出す。死者とおなじ小舟の上で、三人はひそやかに語りあった。

「ザラーヴァント卿は背後から刺されていた。正々堂々の勝負の結果とは、とても思えぬ。ザラーヴァント卿が誰と闘ったかは正確にはわからぬが、相手が従兄弟だと知らされて、闘志がにぶったことはたしかじゃ」

「すると、あなたがたに話をうかがったが、ナーマルドとやらいう者が生きていて兇行《きょうこう》におよんだというわけでござろうか」

「断言はできぬが、おそらく」

「二重に卑怯なやつ！」

イスファーンが鋭く舌打ちした。主人の怒りに呼応するかのごとく、土星《カイヴァーン》が若々しいうなり声をあげる。

それには直接、ファランギースは応えなかった。

「陛下がさぞお歎きであろう。先月はエステル卿、今月はザラーヴァント卿。悲報がこうつづいてはな」

「おつらいよねえ」

と、アルフリードの声も湿る。

ザラーヴァントの訃報《ふほう》を受けたアルスラーンは、しばらく玉座から動かなかった。やがて両手で顔をおおい、それをはずすと、大きく息を吐き出して立ちあがった。ザラーヴァントの遺体に対面するためである。

エクバターナ城司ザラーヴァント卿、何者かによって殺害さる。

悲報が王都エクバターナ全城を閉ざした。城頭には白い弔旗《ちょうき》がかかげられ、秋風に重くひるがえった。

エステル・デ・ラ・ファーノの死は、あくまでも国王個人の知己《ちき》の死であった。ザラーヴァントの死はそれと意味が異《こと》なる。公人の死であり、しかもつい先日、国王によってエクバターナ城司の重職に任じられた要人が、永遠にうしなわれたのである。

「自分より若いやつに死なれると、どうも徹《こた》えるな」

ザラーヴァントの葬儀をとりしきることになった大将軍キシュワードがつぶやいた。彼は三十四歳で、ザラーヴァントは二十九歳だった。

ジャスワントが重い溜息《ためいき》をついた。

「正々堂々、戦場で勝負しての結果なら是非《ぜひ》もないが、背後から闇討ちされたとあっては、さぞ無念であったろうなあ」

兇行《きょうこう》の下手人と目《もく》されるナーマルドを討ちとって、ザラーヴァントの仇をとる。幾人もの武将が誓いを立てた。

それにしても、ナーマルドがザラーヴァント殺害の犯人だとして、なぜ地下の暗黒神殿にいたのか。蛇王ザッハークに帰依する一党に加わったとして、片腕をうしなった身でどうやってオクサスから王都までやって来ることができたのか。ザラーヴァントほどの剛の者がむざむざ殺されたのは、相手に背中を向けていたからだとして、ナーマルドの卑劣さを知っていたはずなのに、なぜ背中を向けたりしたのか。ナーマルドがわざわざ血文字をもってザラーヴァントに呼びかけたのはなぜか。

無数の疑問は、血文字にまさる不気味さをもって、パルス国の宮廷にのしかかった。口に出す者はいなかったが、ザラーヴァントの死が最後の兇事とは、とても思われなかったのである。

ザラーヴァントの葬儀が終わると、アルスラーンは十五名となった翼将の面々を謁見室に招集した。そのなかのひとりが、アルスラーンに名を呼ばれた。

「トゥース卿」

「はい、陛下」

「ザラーヴァント卿の後任が必要だ。そなたに頼みたい」

トゥースは若い国王《シャーオ》の瞳を見返してから、うやうやしく拝礼した。

「陛下のご命令とあらば、つつしんで」

彼の望みも、じつは野戦の指揮にあったが、ザラーヴァントをうしなった国王からの依頼を、辞退できるはずもなかった。

うなずいて、アルスラーンは玉座から立ちあがったが、歩き出そうとして一瞬よろめいた。ひかえていたダリューンが、あわてて国王の手をとってささえた。

「陛下」

「ああ、ダリューン、ありがとう、私はだいじょうぶだ」

「お気をつけください」

「そうしよう……ダリューン」

「はい？」

「ザラーヴァントの死顔は安らかだったな」

「は……」

「心に恥じることがなかったからだろう。勇士の死だった」

「まことに」

「ダリューン、ザラーヴァントを背中から刺した卑怯者を、かならず捜し出してくれ」

「はい、かならず」

数日の間に、王都の内外で、片腕のない男が十人ばかり拘束された。だが、そのうち一名は鉱山の事故で片腕をうしなったもので、他はすべて戦傷《せんしょう》を受けたもと兵士であった。全員、身元がはっきりしており、ほどなく釈放された。

ザラーヴァントは独身で子もいなかったから、格式を誇るオクサス領主家の本流はこれで絶えてしまったことになる。末流の誰かが後を嗣《つ》いで家を再興するか、このまま廃家となるか、いずれはそのような問題が出てくるであろうが、当面はそれどころではなかった。

主人をうしなったザラーヴァント邸はひっそりと門を閉ざし、使用人たちはそれぞれ身の振りかたを考えねばならなかった。かつて優秀な浴場世話係《ダッラーク》であったハリムは、たのもしくて気前のよかったザラーヴァントの死を心から悼《いた》んだ。

「国王さまはなさけ深い御方だから、おれたちみたいな庶民を路頭に迷わせるようなことはなさるまいが、それにしても、はかないものだなあ。殺されても死にそうもない、たくましいお人だったが。おれがヤサマンと所帯《しょたい》を持つときには、来賓席にお呼びして、たんまりご祝儀《しゅうぎ》をいただくはずだったのに」

ささやかな夢の破れたハリムは、売れ残りの廉《やす》い麦酒《フカー》とともに涙と鼻水を飲みこんだのであった。

八月二十九日に十六名を算《かぞ》えたアルスラーンの翼将は、九月十七日に至って最初の一名を喪《うしな》った。世に称《い》う「解放王の十六翼将」が勢ぞろいしたのは、わずか二十日間にすぎなかったのである。

Ⅶ

王都エクバターナが兇々《まがまが》しい悪念の翼におおわれつつあったころ。

東へ百ファルサング以上をへだてたデマヴァントの大山塊においては、地が鳴りやまず、天は魔性の煙霧《えんむ》につつまれている。その天と地をむすんで、あるいは白く、あるいは青く、雷が閃光を走らせる。

獅子《シール》も雪豹《ユーズ》も、鹿も兎《うさぎ》も、本能の警告にしたがって、デマヴァントから遠ざかった。いま魔の山に棲《す》むのは異形の怪物どもだけで、有翼猿鬼《アフラ・ヴィラーダ》、鳥面人妖《ガブル・ネリーシャ》、四眼犬《シエムル》にくわえ、食屍鬼《グール》の姿までちらつくようになっていた。彼らは硫黄《いおう》の匂いがただよう谷間や岩場をうろつきつつ、何かを待つようすだった。

「蛇王ザッハークよ！　永遠に暗黒を支配せる無敵の王者よ。その聖なる怒りの炎もて、地上を焼きはらいたまえ！」

おおげさで空虚な台詞《せりふ》だが、魔道士ガズダハムは心の底から、声をふりしぼって詠唱《えいしょう》する。もともと少数の同志をあいついで喪い、まだ生きているはずの仲間との連絡もとだえた状態なのだ。荒野を乾ききった北風が吹きすさぶような、ひりひりした孤絶感《こぜつかん》が魔道士をさいなむ。

デマヴァント山の地下では、パルス人とトゥラーン人とチュルク人との奇怪な生活がつづいていた。地上では季節が夏から秋へとうつろいつつあるが、地下では関係なかった。熱気と湿気に満たされ、よほど強靭《きょうじん》な体力の持ち主でなければ、長くは耐えられない。

詠唱をすませたガズダハムがふと見ると、イルテリシュとジャライルが何やら会話している。

トゥラーン語とチュルク語の会話は、魔道士ガズダハムには理解できない。それがまた不快の種である。

「蛮人どもめ、なぜパルス語を使わんのか。下品な異国語で耳が汚《けが》れるわい」

魔道士に祖国愛などないはずだが、パルス語を使わない者たちがいると、不快になる。口に出して非難できないだけに、よけい腹が立つ。

パルス語で会話しようと思えば、レイラを相手にするしかない。ところがレイラは、蛇王の毒血をまぜた魔酒がどのように作用したのか、ガズダハムが声をかければ返事はするが、彼女のほうからすすんで口を開くことはない。黙々と、イルテリシュやジャライルのために食事をととのえている。食物は、獣肉やら果実やらを怪物たちが運んで来るのだ。

こうして何日も何十日もの間、ガズダハムは地底で忍耐の日々を送っていたが、ある日のこと。

一匹の鳥面人妖《ガブル・ネリーシャ》が、あわただしいようすで地上からもどってきた。地上を偵察するため派遣されていたのだが、ガズダハムの耳に嘴《くちばし》を寄せて、興奮した声を出す。

「何だと、ペシャワール城のパルス軍が姿を消した!?」

魔道士ガズダハムは大声をあげそうになり、あわてて口をおさえた。陰険な目つきで、イルテリシュたちのようすをうかがう。距離は遠く、彼らは会話をつづけていて、ガズダハムには注意を向けていない。

「くわしく話せ」

ガズダハムが声をおしころすと、鳥面人妖《ガブル・ネリーシャ》もそれに応じて声を低めた。この怪物は、ペシャワール城の人間どもに見つかったらすぐ逃げ出そうと思っていたが、何の反応もないので、すこしずつ近づいて、とうとう城壁に降りてしまった。無人であることを知って興奮し、ガズダハムに報《しら》せようと、飛び帰ってきたのだ。

話を聴き終えると、魔道士はすさまじい眼つきで鳥面人妖《ガブル・ネリーシャ》をにらんだ。

「よいな、このこと誰にもいってはならんぞ。とくにあのトゥラーン人めに知られてはならぬ。もし、やつに知られたら、きさまがもらしたものと見て、痛い目にあわせてやるぞ」

鳥面人妖《ガブル・ネリーシャ》はいささか不満そうだった。声高《こわだか》にしゃべりまくって、仲間からほめてもらいたかったのだ。だが魔道士に脅《おど》されると、しぶしぶうなずいて沈黙するしかなかった。

このとき、ガズダハムは戦略上の見識があって、鳥面人妖《ガブル・ネリーシャ》に口どめしたわけではない。どこまでの深謀《しんぼう》にもとづいてパルス国が要衝ペシャワールを放棄したのか、考えてもわからなかったし、そもそもたいして考えもしなかった。

ただ、ペシャワールが無人になったと知れば、トゥラーンの狂戦士たるイルテリシュがデマヴァント山の地下から躍り出し、魔軍をひきいて殺到《さっとう》していくのは確実である。その結果、チュルク軍やシンドゥラ軍と戦うことになって、もし敗れれば、魔軍は大きな損害をこうむる。もし勝てば、イルテリシュは凱歌《がいか》をあげてペシャワールに拠《よ》り、ますます尊《そん》大《だい》かつ横暴になって、魔道士ガズダハムのいうことなど完全に無視するようになるだろう。

どちらにしても、ガズダハムにとっては不本意きわまりない。そもそも、ペシャワールなど、ひとたび蛇王ザッハークの再臨がかなえば、いつでも手にはいる。いまあわてふためいてペシャワールに攻め寄せる必要はないのだ。だとしたら、イルテリシュに報《しら》せる必要もない。

こうして魔道士ガズダハムは、パルス軍がペシャワールを放棄した、という重大な情報を、イルテリシュに隠したのである。それがパルス、シンドゥラ、チュルク、三国の政戦両略にどのような影響をおよぼすことになるか、魔道士ガズダハムは想像もしなかったし、できなかった。彼の眼はひたすらデマヴァント山の地下にのみ向けられていたのだ。パルス国の軍師ナルサスの策は、シンドゥラとチュルク、二ヵ国の王をみごとに踊らせた。だが、まっさきに、しかももっとも烈しく踊るはずのイルテリシュは踊らなかった。知らぬがゆえに、踊りようがなかったのだ。イルテリシュをナルサスの策から一時的にせよ救ったのは、皮肉にも、魔道士ガズダハムであった。ガズダハムが智略においてナルサスをしのいでいたからではない。地上とまったく異《こと》なる論理で動いていたからである。

ガズダハム当人は、自分の行為がどのような意義を有するか、まったく知らない。とりあえず鳥面人妖《ガブル・ネリーシャ》のおしゃべりを封じたことに満足して、「下品な異国語」を使う者たちのところへ歩いていった。どうやら会話が終わったらしい。

「すこしは鎖が削《けず》れたかな」

機嫌をとるように話しかける。イルテリシュは鼻先で笑った。

「あいつに尋《き》いたらどうだ。働いているのはあいつだからな」

指の先にいるのはジャライルであった。地面にうずくまるような姿勢で両手を動かしている。

内心でジャライルは歯ぎしりしていた。こんなところで死んでたまるか。生きてチュルク国へもどる。かならず家族を救い出し、暴君カルハナを討ちはたしてやる。

もう何日も何十日も、ジャライルは地底で鎖を削りつづけている。蛇王ザッハークの巨体をいましめる最後の鎖である。宝剣ルクナバードとおなじ材料でつくられているというが、パルス人ならぬジャライルには、その正確な意味はわからない。ただ、魔道士たちはその鎖に触れることができない。

だからジャライルが鎖を削っている。一日に十本以上の鑢《やすり》を使いつぶして削りつづけているが、鎖が切れるまで何年かかるかもわからない。徒労感におそわれるが、それでもジャライルは鎖を削りつづける。削っている間は殺されずにすむし、単調な作業だから、いろいろ考える暇もある。どうやったらこの地獄を脱出し、故国へ帰ってカルハナ王を討ちはたすことができるか。鑢を持つ手を傷だらけにしながらジャライルは思案をめぐらせる。

「あのチュルク人は、蛇王ザッハークさまの血を飲んでおらぬ。だから宝剣ルクナバードとおなじ材料の鎖に触れることができるのだ」

ジャライルの姿をながめやって、ガズダハムが説明する。何度もくりかえされた説明だ。

「おれはあの鎖に触れることができぬ」

不機嫌な声を、イルテリシュが出す。

「ということは、おれはその蛇王とやらの血を飲まされたということか」

「だからこそ生命が助かったのだぞ。さもなくば、おぬしはとっくに死んでおるわ」

「恩に着せる気か」

「ちがうちがう、事実を語ったまでだ」

ガズダハムは一歩さがる。イルテリシュが一歩踏み出そうとしたとき、声がかかった。

「イルテリシュさま！」

女の声だ。つまりレイラの声だった。イルテリシュは肩ごしに、彼の配偶者となった女性をかえりみた。

「何だ」

「申しあげたいことがあります。あのチュルク人が削っている鎖について」

「いってみろ」

「はい、あの鎖を溶かして甲《よろい》をつくってはいかがでしょうか」

「甲だと？」

「はい、剣ではなくて甲を。もし魔道士の申すことが真実《まこと》で、この鎖の材料に宝剣ルクナバードとおなじものが使われているとすれば、どんな剣や槍も通さぬはず。この世でもっともすぐれた甲がつくれます」

「ふむ、考えたこともなかったが……」

イルテリシュが、めずらしく虚《きょ》を衝《つ》かれたような表情になったとき。

いきなり地が咆《ほ》えた。鳴りひびき、揺れ動いた。四人の男女のうち、かろうじて転倒しないでいられたのはイルテリシュだけであった。地下空洞の一角が明るくなり、火と熱のかたまりが噴きあがるのが見えた。

Ⅷ

イルテリシュたちの眼下で、熱泥《ねつでい》が赤と黄金の不吉な色彩を渦まかせている。熱気が乱流となって空洞内に風をおこし、高く低く轟音《ごうおん》が波立つ。頭上から砂礫《されき》が降ってくるのは、岩盤の表面が剥落《はくらく》しているのであろう。

「何と何と、地底にも嵐があるとは知らなかった。後の語り種《ぐさ》になりそうだな」

イルテリシュは笑ったが、たぐいまれな豪胆《ごうたん》さにも、小さなひび割れが生じたかのようだった。地下の異変には慣れたはずだったが、この日は何かこれまでとはちがっているように感じられる。

熱泥が泡立ち、不気味な音をたてはじけた。その兇々《まがまが》しい明かりが、空洞の一隅を赤く照らし出す。

何か大きな箱のようなものが岩棚の上に置かれているのが見えた。イルテリシュはかる く眼を細めた。いまさら何を見てもおどろかないと思っていたが、確認してみると、うなり声をもらさずにいられなかった。柩《ひつぎ》であった。

それも、人骨をもって組み立てられた柩であったのだ。そのことをさとると同時に、イルテリシュは手を伸ばして魔道士の腕をつかんだ。

「あの柩のなかには、誰がはいっておるのだ？」

魔道士ガズダハムは、つかまれた腕を振りほどこうとしたが、イルテリシュの膂力《りょりょく》には対抗できなかった。逆に力を加えられ、骨がきしむほどの苦痛におそわれて、悲鳴まじりの声をあげる。

「知らぬ知らぬ。あれはグルガーンが差配《さはい》したことで、おれは何も教えられておらぬ」

「グルガーン？　それは誰だ」

「お、おれとおなじ師につかえていた男だ」

「そやつは今どこにおる？」

「王都だ。エクバターナでパルス宮廷の動向をさぐっている。やつに問えば……」

「言い逃れもほどほどにしろ。おれはきさまの口から聴きたいのだ」

ガズダハムの襟を緊《し》めあげようとして、イルテリシュの動きがとまった。

ジャライルが大声を放ったのだ。

「切れる！　もうすぐ切れます！」

何が切れるのかは、問うまでもなかった。チュルク語の叫びであったが、パルス語しか解さないガズダハムにも、それは明らかに理解できた。巨大な鎖全体がまっすぐに張り、激しく揺れている。鎖は虜囚《りょしゅう》によって、まさに引きちぎられようとしていた。それはジャライルの予想をはるかにこえる早さであって、多少なりと鎖が弱められたときに虜囚がためていた力を一気に解放したのであったろう。

「切れた……！」

重いうなりが宙を裂いた。ちぎれた鎖が跳《は》ね躍って、鉄の大蛇と化した。岸壁を強打して石片を舞い散らせ、ついでのように何匹もの有翼猿鬼《アフラ・ヴィラーダ》を宙で薙《な》ぎはらう。

レイラの絶叫がひびいた。

「ああ、蛇王さまが、ザッハークさまが、とうとう自由の身になられた……！」

それまでうずくまっていた異形の影が起《た》ちあがった。

はっきりと眼に見えたわけではない。水中で何かが動けば、水そのものが動く。この地下空洞においては、異形の影が動くとともに気流が生《しょう》じ、渦まいて風をおこすのだった。

砂礫《されき》が舞いあがり、踏みしめた足の下で岩盤が震動する。

地の鳴動と狂風のうなりに、怪物どもの叫喚がくわわり、耐えがたい騒音が地下空洞にあふれかえった。

イルテリシュは砂礫から眼を守るため左腕をあげたが、その腰に抱きついた者がいる。左腕の隙間から見おろすと、それは魔道士ガズダハムであった。狂風で立っておられず、イルテリシュにしがみついたらしい。

「再臨だ……！」

ガズダハムがわめいた。

「ついに蛇王ザッハークさまが再臨なされた。暗黒の力もて地底よりよみがえりたまい、地上にひしめく偽善者の群れに、永劫《えいごう》の神罰《しんばつ》をあたえたもうのだ！」

「だまれ、この狂人めが！」

イルテリシュが拳をかためて魔道士の横面《よこつら》を一撃する。すさまじい殴打《おうだ》に、ガズダハムは転倒した。イルテリシュはさらに足をあげて魔道士を蹴りつける。

口から折れた歯と血を吐き出しながら、ガズダハムはなお狂乱の凱歌《がいか》をやめようとしない。

「恐れおののけ、愚民ども。悔いあらためよ、偽善者ども。蛇王ザッハークさまが、地上の生きとし生ける者すべてに最後の審判をお下しあそばすぞ！」

「だまれ、だまらぬとあれば……」

イルテリシュは腰間《ようかん》の大剣を抜き放った。剛速の斬撃が、咆《ほ》えくるうガズダハムの頸部《けいぶ》を両断しようとした、まさに寸前、黒い光がひらめいた。そうとしか表現できない迅速さで、何かがイルテリシュの力強い手から大剣をもぎとったのだ。

イルテリシュともあろう者が、異様な力に圧倒され、よろめき、どうっと地に倒れた。

二匹の蛇が鎌首を躍らせ、細長い舌をちらつかせた。炎の槍がひらめくようであった。両眼には毒念《どくねん》が煮えたぎっている。ザッハークの肩から生《は》えた蛇が、身を伸ばしてイルテリシュを打ったのであった。

ジャライルは気死《きし》せんばかりであったが、かろうじて手足を動かし、岩場を這《は》って後退した。蛇王ザッハークの両肩から生えた蛇は、人間の脳を喰《くら》う。そう聞かされたことを想い出したのである。

何かが手に触れた。見ると、気をうしなったレイラが倒れている。ジャライルは必死の力を振りしぼり、レイラの左右の腕をつかんで引きずった。この女《ひと》を助けなくては、と、ジャライルは思い、このときだけはカルハナ王への怨みを忘れた。

地に打ち倒されたイルテリシュは、ようやく起《た》ちあがったものの、狂笑《きょうしょう》をつづけるガズダハムにかまう余裕など、もはやなかった。上下動を強める岩盤に足をとられつつ、蛇王ザッハークの影から遠ざかる。

崩落したデマヴァントの山頂から煙が噴きあがった。黒、白、灰色の太い気流がもつれあい、からみあって天へ駆け上り、雲に激突して拡散する。巨大な蛇が何百匹、何千匹と宙を躍りくるうと、呼応して天地が鳴動し、たけりくるう雷が光の矢と轟音の奔流を四方へ飛ばす。

デマヴァントの山容《さんよう》そのものが、さらに忌《い》まわしく変化しつつある。天に沖く怪煙《とど》は、ペシャワールの城塔《じょうとう》からはっきり遠望することができたが、すでに無人と化した城塞《じょうさい》で、恐怖の声をあげる者は誰もいなかった。

解説──壮大なタペストリーを編み上げる技術

太田忠司《おおただし》
（作家）

小説を書くようになって得られたものは数多いが、同時に失ってしまったものもある。中でも一番大きな喪失は、楽しみだけのために小説を読むという純粋な喜びだ。

今では何を読んでいても、心の隅で「この作者はこう書くのか。自分ならああするのに」とか「あ、このネタ、自分で書きたかったなあ」とか「この台詞《せりふ》かっこいいな。今度アレンジして使ってやろう」とか、余計な邪心が湧いてしまう。なんでもかんでも自分の創作に役立ててやろうという作家としてはある意味良心的な気持ちが、素直に小説と対峙《たいじ》することを妨げてしまうのだ。

読書の楽しみを知りはじめたばかりの頃、不可思議なトリックを暴く名探偵や、宇宙や異世界を駆けめぐる冒険や、人の心の機微に深く感銘を受けた。でももう二度とそんな時間は訪れてくれない、と思うこともある。

が、ときどきそのような諦念《ていねん》が打ち破られる。読んでいる小説のあまりの面白さに「あわよくば自分の作品の糧《かて》に」などと考える下衆《げす》な思惑など吹き飛ばされ、ただ物語の赴《おもむ》くままに付き従い、没頭する。そういう至福の瞬間が訪れる。

僕にとって田中芳樹という作家は、まさにそのような感動を与えてくれる至上の存在のひとりだ。

そもそも田中氏との出会いからして、幸運なものだった。知られているとおり田中氏のデビューは探偵小説専門誌「幻影城」の一九七八年一月号に掲載された第三回幻影城新人賞入選作『緑の草原に……』だった。異星を舞台としたSFミステリで、探偵小説といういささか古めかしいタイプの小説をメインとする雑誌の中では異色のものだった。

僕は当時この雑誌を熱心に購読する一読者だった。当然、この作品も読んだ。デビューの瞬間に立ち会ったわけだ。そして驚喜した。すこぶる面白かったからだ。以後、当時は李家豊《りのいえゆたか》というペンネームだった若手作家の作品が雑誌に掲載されるたびに、文字どおり貪《むさぼ》るように読んだ。

しかし李家豊は「幻影城」に数編の短編を掲載した後、雑誌休刊に伴って姿を消してしまう。そのときの喪失感は甚大なものだったが、あれだけの技量を持つ作家がそのまま消えてしまうとは思えなかった。きっとどこかで新しい作品を読ませてくれると信じていた。

その期待は裏切られなかった。李家豊は田中芳樹と名を変え、再スタートを切ったのだ。

以後の活躍はことさら書きつらねる必要もないだろう。田中氏は日本エンターテインメント界の第一人者として現在に至るまで活躍している。

僕はその活躍を、デビューしたときから確信し期待し享受しているのだ。若造だった頃の自分の眼の確かさを、ちょっとだけ褒めてやりたい。

ともあれ、デビュー当初から田中芳樹は小説の面白さを十全に体現した作品を書き続けている。『銀河英雄伝説』然り『創竜伝』然り『薬師寺涼子の怪奇事件簿』然り。「巻を措《お》く能《あた》わず」という言葉はまさに田中芳樹作品を指すべきものだ。

「アルスラーン戦記」はそうした作品群の中でも物語の波瀾万丈さで群を抜いている大河小説だ。

今回、解説を書くためにあらためて第一巻『王都炎上』から読み返したが、眼も眩《くら》むような読書体験だった。解説に相応《ふさわ》しい分析などしてみるつもりだったのに、そうした思惑などすぐに忘れて読み耽《ふけ》ってしまった。しかも恐ろしいことに、確認のために本の途中から読み始めても、そこがもう面白い。ついそのまま読み進めてしまう。どこから読んでも面白いというのは、相当すごいことだ。

しかしこの文章は解説だ。ただ「面白い面白い」と書きつらねているだけでは意味がない。作品の魔力になんとか抗して「なぜ面白いのか」について分析しなければならない。

いや、分析なんておこがましい。せめて自分がなぜ面白いと思うのかを言葉にしなければ。こうして悪戦苦闘すること数回。やっとそれらしいものを摑むことができた、ように思う。

「アルスラーン戦記」がなぜ面白いか。それは波瀾万丈の物語と多彩な登場人物が織りなす壮大な絵巻を存分に味わえるからだ。

……当たり前じゃないかと言われそうだ。たしかにこうして書いてみると、わかりきったことのように見える。

しかし、そのわかりきったことが意外に難しい。この物語では同時期にいろいろな場所で起きている出来事が並行して——ときには時間を遡《さかのぼ》って——記されている。アルスラーンとその周辺だけを描いていればいいのではない。シンドゥラでもチュルクでもデマヴァント山でも何かしら重要なことが起きているのだ。

同時多発しているいくつもの物語を重層的に描くだけでも大変なのに、ひとつひとつのエピソードに登場する数多くの人物の行動と心理を見事に描写してみせている。すごいとしか言いようがない。

それを可能にしているのは、田中氏の文章力だ。特に注目すべき点は、その視点設定にある。「アルスラーン戦記」においては三人称多視点が採用されている。描写は各登場人物の描写からその内心の言葉まで自由に行き来するのだが、これがじつは驚嘆すべきことなのだ。

小説家を志す初心者は、最初に視点の設定でつまずくことが多い。映画でいうなら撮影カメラの据えかたが曖昧《あいまい》で、何を描写したいのかわからなくなってしまうからだ。なので小説の指南書などでは何よりもまず視点を固定するようにと書いてある。一人称にせよ三人称にせよ、ひとりの登場人物に視点を固定し、彼（あるいは彼女）が見ているように描く。こうすれば読者が混乱するようなブレは起きにくい。視点を変えるときには一行空けるか、章を替えて読者に「ここから視点が変わるよ」と指し示せばいい。

しかしこの手法には弱点がある。視点人物以外の人間の心の中を描写することができないのだ。だから台詞や動作の描写などでそれを類推させるしかない。それによって小説に彩りを添えることもできるが、一方で描写が曖昧で煩雑になることも多い。また視点人物に信頼がおけない場合、描写そのものが信用できなくなってしまう（ミステリではそれを逆手にとってトリックを仕掛けたりするのだが）。

数多くの人物が登場する大河小説では、特に一視点での叙述はハンデが大きい。だからこそ三人称多視点が有用となる。多くの人々の視点で自由闊達《かったつ》に描くことができれば、物語はより重層的になり、厚みを増すからだ。

田中氏も多視点を採用した。しかも視点のブレなど感じさせない、とても読みやすい文章で、だ。これは自分が書いている場面を正確に把握し、登場人物の心をしっかりと把握できていないと成立しない凄技《すごわざ》である。

これだけのことができる作家が、どれほどいるだろう。少なくとも僕には、到底無理だ（だから僕は、いつも一視点で書いている）。

「アルスラーン戦記」は、いや田中芳樹作品は、そうした一見すると何でもないようにみえるが実は超絶的な技巧によって編み上げられた壮大なタペストリーなのだ。

二〇一七年の夏、ひとつのニュースが出版界を駆けめぐった。

田中氏がついに「アルスラーン戦記」の最終巻を脱稿した、という。

一九八六年に第一巻が刊行されて以来、数多くの読者を魅了し続けてきたこの作品が、ついにフィナーレを迎える。

なんとも心震えることではないか。

田中氏が物語にどんな結末を用意したのか、その出版を心して待ちたいと思う。

●二〇〇八年十月　カッパ・ノベルス刊

光文社文庫

蛇《へび》王《おう》再《さい》臨《りん》　アルスラーン戦記《せんき》⑬
著者　田《た》中《なか》芳《よし》樹《き》

2017年11月20日　初版1刷発行
2021年11月25日　2刷発行

発行者　鈴木広和
印刷　萩原印刷
製本　ナショナル製本

発行所　株式会社　光文社
〒112-8011　東京都文京区音羽1-16-6
電話（03）5395-8149　編集部
8116　書籍販売部
8125　業務部

ISBN978-4-334-77559-9　Printed in Japan

組版　萩原印刷